Ulrich Grode

So war das mit Booker

Bibliografische Information der Deutschen Nationalbibliothek:

Die Deutsche Nationalbibliothek verzeichnet diese Publikation in der Deutschen Nationalbibliografie; detaillierte bibliografische Daten sind im Internet über http://dnb.dnb.de abrufbar.

© 2013 Ulrich Grode

Umschlagillustration und -gestaltung: Janko Grode
Lektorat: Carina Nehring

Herstellung und Verlag: BoD – Books on Demand, Norderstedt

ISBN: 978-3-7322-4113-2

„Was ist eine Novelle anderes als eine sich ereignete unerhörte Begebenheit."

Goethe am 29.1.1827 zu Eckermann

I

Namenszeichen. Datum: 2.1.2012. Die letzte von 26 Geschichtsklausuren. Seine letzte Korrektur überhaupt, denn am Ende des Monats würde er sich pensionieren lassen. Max Demant wartete auf ein Gefühl von Erleichterung, Freude, eigentlich auf noch mehr, viel mehr. Vor ein paar Tagen hatte er einmal gerechnet und war auf rund 25 000 schriftliche Arbeiten gekommen. Er erinnerte Räume mit Schreibtischen, an denen er gesessen hatte, kurzes Fenstertheater mit hohen Bäumen im Licht der Straßenlaternen, seit Jahren dann die Kirche, wenn er aufgestanden, sich gereckt, etwas getrunken hatte, manchmal spät, sehr spät in der Nacht oder sehr früh am Morgen, oft auch an den Wochenenden. Musik war da, wie jetzt auch, ruhige Klaviermusik, die er beim Korrigieren im Hintergrund spielen ließ. Was für Zeit, Lebenszeit, 25 000 mal X = Jahre, Monate, Tage? Und jetzt? „Mit dem Schluss des Textes von George sind Sie offenbar nicht zurechtgekommen. Im Übrigen ist das, was Sie schreiben, im Wesentlichen einsichtig und nachvollziehbar: gut (10 P.)." „Anna-Maria Donnermuth" stand vorn auf dem Heft, saubere Schrift, gut lesbar, ordentliche Rechtschreibung. Heft Nr. 25, 16 Blatt, mit Duden-Lerntipp und auf Papier aus vorbildlich bewirtschafteten Wäldern, kontrollierten Herkünften und Recyclingholz oder -fasern.

Er wartete.

Made in Germany by Brunnen. Das Wort Recycling hatte er vor kurzem in einem Diktat einer neunten

Klasse benutzt. Anna-Maria hatte vielleicht bewusst ein solches Heft gekauft. Zuzutrauen war es ihr. Umweltfreundlich. Lernfreundlich. Und wenn man das Wort Recycling einmal im Diktat schreiben …, na, im 12. Jahrgang gab es keine Diktate mehr. Egal. Vielleicht würde es ihr und der Welt trotzdem einmal etwas gebracht haben, dass sie ein so wertvolles Brunnenheft gekauft hatte.
„Tief ist der Brunnen der Vergangenheit." Menschheitsgeschichte faszinierte ihn noch immer, wie als Schüler schon. In der Küche aß er eine Banane, zapfte sich ein Glas Rotwein aus dem Schlauch, setzte sich in den bequemsten Sessel, legte die Füße auf den Tisch, schloss die Augen und hörte den Rest Bach. Den Wandel in der Geschichte konnte er wie in einem Film an sich vorüberziehen lassen, eine fast unendliche Folge von Bildern. Wenn er dagegen das eigene Leben an sich vorüberziehen ließ, reduzierte es sich auf wenige Szenen, Bruchstücke, Stimmen, Töne, Gerüche. Jahre schmolzen zu Sekunden der Erinnerung. Was blieb?

Er hatte nie einen Stern vom Himmel geholt.

Nachdem er den Wein getrunken hatte und die Musik verstummt war, ging er an den Schreibtisch und übertrug die Noten in seine Klassenliste. Dabei las er noch einmal Bookers ersten Satz: „George prophezeit in seinem Text aus dem Jahr 1868 den Vereinigten Staaten den Niedergang, wie den Majas, Azteken, Inkas oder auch Athenern, wenn sie weiter auf Wachstum, Big Business und freies Unternehmertum setzten, ohne sich um die wachsenden Klassenunterschiede zwischen Reich und Arm zu kümmern."

Und sein Schluss lautete: „Nach 1868 stand den USA ein beispielloser Aufstieg bevor. Aber heute könnte sich die Prophezeiung von George doch noch erfüllen." Das war's. Nur leider nicht begründet. Wie die Mehrheit damals George nicht verstanden hatte, hatte Anna-Maria es heute nicht verstanden, obwohl es doch auffallende Bezüge zur gegenwärtigen Situation in den USA gab. Würde sie es je verstehen, würde ihre Generation ein anderes Leben führen als seine?

Auf dem Tisch lag noch die „SZ", in der ein angesehener Professor für Biologie an der Universität Stanford meint, und er war ja nicht der Einzige, dass die Welt angesichts von sieben Milliarden Menschen gerade den Bach runtergehe; für viele sei die Apokalypse schon Realität, eine Milliarde würden hungern, drei Milliarden von weniger als zwei Dollar am Tag leben, die Bevölkerungsexplosion verstärke den Druck auf die Lebensgrundlagen; in den sich über den Konsum definierenden USA sei das Bildungssystem kaputt, werde das Geld von den Armen und der Mittelschicht den Reichen zugeschaufelt, Lobbyisten dafür bezahlt, dass sie den Klimawandel anzweifeln; er sehe die Chance, dass diese Zivilisation dieses Jahrhundert überstehe, bei 10 %.
Auch Anna-Maria würde erst einmal große Autos fahren, Fleischberge in sich hineinstopfen und weite Flugreisen machen wollen.

Max Demant war froh, alt zu sein.

Er stand auf, ging herum, sah aus dem Fenster. Die angestrahlte Vicelinkirche vermittelte Gefühle von Ruhe und Dauer, vielleicht gab es doch mehr Chancen? Er hatte zwar schon längst den Glauben verloren, saß aber gern ganz still für sich in großen, alten Kirchen und zahlte brav seine Kirchensteuer. Es war mehr als Denkmalspflege. Bedächtig schlug die Turmuhr zehn. Sturm kam auf. Noch ein paar Wochen Unterricht, Konferenzen. Und dann? Unsicherheit beschlich ihn. Er ahnte, mit dem Berufsleben brächen Lebensstützen weg. Was den Tag jetzt ausfüllte, was ihm Inhalt und Sinn gab, dieses Leben im Rhythmus des Stundenplans, des Pausengongs, der Korrekturstapel und der Ferienordnung, alles weg. Er lebte in einer Arbeitsgesellschaft. Ansehen genoss der, der schuftete. Und: Würde er mit der Kürzung der Pension auskommen? Er ging immerhin zwei Jahre früher. Konnte er das mit seinem Pflichtbewusstsein vereinbaren, oder würde da stets der Stachel eines Vorwurfs bleiben? Angesagt war die Rente mit 67. Er horchte in sich hinein. Rätselwesen Mensch: Wo blieb das Gefühl von Freiheit und Abenteuer? Ende aller Korrekturen! „O früher Morgen des Beginnens! O Hauch des Windes, der von neuen Küsten kommt!" Er spürte nur tiefe Müdigkeit, der Tinnitus übertönte die Musik, der Rücken tat weh. Er schleppte sich ins Bett.
Nachts Panikattacken. Heulender Wind ums Haus. Viel zu früh wachte er auf. Regen schlug gegen die Scheiben.
Ruheloses Lesen. Aus dem Bücherstapel auf dem Nachttisch griff er nach Schmids „Philosophie der Lebenskunst": „Nach Lebenskunst fragen diejenigen, für die sich das Leben nicht mehr von selbst versteht." Er las sich in das Buch hinein. Am frühen Morgen

träumte er von einer schmalen Brücke, über die er bei eisigem Wind rennen musste. Als er aufwachte, wusste er nicht mehr, ob er auf der anderen Seite angekommen war. Die Deutung schien ihm einfach.

Noch waren Weihnachtsferien. Am nächsten Tag schrieb er einem fernen Freund eine Karte: „Der Hamster verlässt das Rad. Die ersten Schritte sind noch etwas tapsig. Aber ich hoffe, es wird gehen."
Fahrt mit dem Zug zu einer Ausstellung nach Hamburg. An der Fensterscheibe Regentropfen, Wasserbahnen, Felder unter Wasser, Grau in Grau. Geduckte Häuser, Feldwege, auf denen er jetzt nicht hätte gehen mögen, schutzlos dem Himmel ausgesetzt. So plötzlich, wie sie auftauchten, verschwanden sie auch wieder irgendwo zwischen Häusern, Bäumen, Zäunen. Gedanken an das Danach. Letzter Lebensabschnitt: „Es kommen härtere Tage. Die auf Widerruf gestundete Zeit wird sichtbar am Horizont."

Wie das wohl war, tot zu sein?

Aber vorher noch: Leben. War diese kleine Welt da draußen nicht Abbild der großen? Wo verliefen heute die Frontlinien oder Mauern, die Orientierung, Halt, vielleicht sogar Schutz boten? Auge um Auge, Zahl um Zahl. Wo war der Nächste, den er lieben konnte? New York, Peshawar, Kundus, Abu Ghraib, Fukushima, Homs. Orte, die für einen Augenblick vor die Kameras gerieten und mit den Toten wieder verschwanden; zurück blieben die Menschen mit dem, was ihnen angetan worden war für lange. Kampf den Kulturen.

Zu sich selbst kommen.

In Hamburg Wind und Regen, bei „Zweitausendeins" Musik im Laden, die ihn schmerzlich an Jugend erinnerte, an Vorlesungen, Prüfungstermine, auf die hin gelebt werden musste, an Studentenkneipen, an Anfänge, an etwas, das vor einem lag, was so oder so aussehen konnte. Jetzt war alles Erinnerung, es war so und nicht anders; fast alles. Er kaufte sich die „Odyssee", vorgelesen von Christian Brückner. War er nicht auch „unterwegs" und suchte sein Ithaka? In einem anderen Geschäft eine Reihe von Bildschirmen, auf denen die gleichen Bilder zu sehen waren, auseinanderbrechende Eisberge, Eismassen, die im Meer verschwanden, Gischt. Warum ließen die Menschen sich das gefallen? Warum schrien sie nicht auf? Überall noch Weihnachtsbeleuchtung, der Versuch, den Kaufrausch über das Fest hinaus zu konservieren, hastende Menschen auf Schnäppchenjagd, Beutezug, „Haben oder Sein?" Haben!

Er kam sich vor wie Freddy Frinton in der „Feuerzangenbowle".

Im Bucerius Kunst Forum am Rathausmarkt „Die Erfindung des Bildes: Frühe italienische Meister bis Botticelli". Ja, Entdeckung von Raum und Landschaft, aber die Landschaften blieben blass. Keine Spur von Petrarcas Ergriffenheit 1336 auf dem Mont Ventoux angesichts des weiten Blicks über Berge und waldige Höhen bis zur Rhone und der Küste des Mittelmeers.

Max sehnte sich dorthin.

Stattdessen ewiggleiche Madonna mit dem Kind, dem Weltenherrscher, dem Heiland, dem Angebeteten, oder Bilder als Unterrichtsmaterial für den Kirchgang: Jesu Geburt, Kreuzigung, Auferstehung, Himmelfahrt. Er hatte in diesen Räumen einmal eine kleine mittelalterliche Jesusfigur aus Holz gesehen, ein kleiner, geschundener, melancholisch blickender Mann, aber mit viel Ernst, Anstand, Höflichkeit, Haltung, Beharrungsvermögen, Würde. In dieser Figur war Jesus ihm nah gewesen. In einer Ecke eine Kopie der Sixtinischen Madonna von Raffael, eine schlechte Kopie. Jesus wirkte hier wie ein süßes, pummeliges Aletekind. Bei Raffael trägt Maria ein scheues, ängstliches Kind in die Welt, zeigt dem Kind Mensch und Wirklichkeit. Das Kind erschrickt. Dieses Erschrecken angesichts des Betrachters selbst! Ein Erschrecken, als ob es den eigenen Kreuzigungstod schon vor Augen hat oder die Zerstörung der Schöpfung ... und der Betrachter muss sich als Täter fühlen ...! Max Demant war enttäuscht.

Menschen, die sich durch die Ausstellung drängten. Was blieb davon in den Köpfen, veränderte eines dieser Bilder den Blick auf die Wirklichkeit heute, das Verhalten nach dem Verlassen des Gebäudes?

Neben der Garderobe Veranstaltungsankündigungen: „Erfahren, woher wir kommen: Große Romane der Weltliteratur – Lesung und Kommentar: Herman Melville, Moby Dick; Gustave Flaubert, Madame Bovary; Iwan Turgenjew, Väter und Söhne: 3 Romane an 3 Abenden ... Erfahren, woher wir kommen!" Wie viele Seiten waren das, was sollte das, pro Abend ein Roman? „Moby Dick" als SMS. „Melville, das hätte man doch knapper sagen können!" Er hatte die Romane gelesen, aber nicht an einem Abend. Und kam er daher? Ihm fiel die Novembermelancholie Ismaels ein, die ihn aufs Meer treibt ... Ja, er kannte das Gefühl ... sein Jahr hatte viele November.

Wo trieb es *ihn* jetzt hin?

Zum Essen ging er in die „Schlachterbörse", verwinkelt, dunkel, eng, laut. Mit Mühe hatte er einen Zweiertisch an der Wand bekommen. Ihm gegenüber ein leerer Stuhl. Das kannte er. Während er auf die Kalbsleber wartete, versuchte er, sich an „Väter und Söhne" zu erinnern. Geblieben war die blasse Erinnerung an den sinnlosen Tod eines außergewöhnlichen jungen Menschen in den Weiten Russlands, ein Gefühl von Vergeblichkeit.
Am Nebentisch offenbar eine kleine Feier, Luftballons baumelten über dem ergrauten Geburtstagskind, das pausenlos Groucho-Marx-Witze riss und dem Motto „Das Leben lieben und den Tod nicht fürchten" zu folgen schien. Er ertappte sich beim Zuhören und Lachen, wobei ihm schmerzhaft bewusst wurde, wie lange er nicht gelacht hatte. Ein eher Stiller hob ab und zu das Glas, sagte laut „Wohlsein" und erntete jedes Mal Gelächter. Wie einfach das doch war.

Allein.

Draußen pralles Leben in Bars und Restaurants, in der Innenstadt waren einige Geschäfte noch geöffnet, obwohl kaum noch etwas los war, sodass sein Blick auf einige alte, schöne Fassaden fiel, Handwerkerkunst, Kaufmannstüchtigkeit, Spitzweg-Bilder, die Geschichten erzählen könnten, Butzenscheiben,

Türmchen, aber nirgends private Heimeligkeit. Und auch andere Assoziationen: marschierende braune Horden durch altdeutsche Städte, fremd, bildungsfern, die Fahne hoch ... „Der Tod ist ein Meister aus Deutschland".

Im Zug links von ihm ein Junge, der pausenlos auf zwei Mädchen einredete ... wie ein gut vorbereiteter, strebsamer Schüler zu Beginn des Unterrichts ... ob er über Falladas „Wolf unter Wölfen" sprach oder über die Hintergründe der Eurokrise. Wie klar ihm alles schien und wie überzeugt er von allem war! Ein Mädchen nahm währenddessen aus ihrem Beutel eine Banane und aß sie ganz ruhig und sehr sinnlich auf. Max gefiel das.
Hinter ihm zwei Jungen, die gerade erfahren hatten, dass die Innenstadt von Kiel aufgrund von Starkregen in Teilen „abgesoffen war". Sie fanden das irrsinnig komisch und malten es sich in möglichst vielen Einzelheiten aus: Autos rasten in überflutete Tunnel, Menschen krallten sich an herumtreibende Baumstämme. „Ferien auf dem Immenhof" war einmal.

Aber Booker war anders.

Spät zu Hause, Rotwein und „For All We Know" von Keith Jarrett und Charlie Haden, Piano und Bass. Ja, fernes Verstehen. Als er aufstand, spürte er einen stechenden Schmerz in der linken Seite, und wie im Zeitraffer dramatisierte er in Sekunden mit Notarztbildern und verstreuter Asche den Schmerz auf ein mögliches Ende hin, ein Denken im GAU, das ihm, wie so oft, Leichtigkeit nahm. Nach einer Weile ließ der Schmerz nach. Er sah nach draußen. Die

Wolkendecke riss auf und über der Kirche war der Mond zu sehen. Was sollte das nun wieder heißen?
Im Bett „Philosophie der Lebenskunst": „War es ein schönes Leben, eine erfüllte Existenz? Das ist die *finale* Frage, die sich angesichts des Todes stellt."
Er dachte nach. 3:53 Uhr nahm er eine Tablette.

II

Der Winter war spät dran in diesem Jahr, hatte aber noch einmal hart zugepackt mit Schnee und Kälte und viel Wind, dass die Nase leckte und Max seine langen Unterhosen hervorgekramt hatte. Eine Woche nach der Verabschiedung saß er bei seiner Friseurin auf dem Stuhl. „Wie immer, bitte." Nie war er gezwungen, sich so lange im Spiegel zu betrachten wie hier: die schwindenden Haare, die schlaffe Haut, Truthahnhals, Falten. Welkender Körper. Müdigkeit im fremdvertrauten Gesicht. Er dachte an die langen Unterhosen und die Storchenbeine: „Wer das Alter preist, hat ihm noch nicht ins Gesicht gesehen."

Er hatte sich anders in Erinnerung.

An der Wand Fotos von angeblich frisierten Köpfen. Schauerliche, leere Gesichter, untauglich für jede Verfilmung von Weltliteratur, aber alle deutlich jünger als er und mit makelloser Haut. Die Friseurin legte ihm die Ohren frei. Er musste unwillkürlich an seinen Opa denken, dessen gewaltige Ohren er als Kind oft mit scheuem Erstaunen betrachtet hatte. „So, nun noch die Augenbrauen." Spätestens hier würde Martin Walser aufstehen und gehen. Max blieb. „Fertig, nun sind wir wieder flott." Wieso „wir"? Und wieso „flott"? War das der Anfang von „Wie geht es uns heute", Pflegestufe 1?

Auf dem Rückweg kam er an den Büros einer Bank vorbei. Menschen aneinandergereiht, auf Bildschirme starrend, fast unbeweglich. Er blieb ein wenig stehen. Einer trank aus einer Tasse, eine schrieb etwas.

Gegenüber ein Bekleidungsgeschäft. An den Wänden große Bilder mit lachenden Gesichtern im Schnee. Im Laden eine Verkäuferin inmitten von Kleiderständern, allein. Sehr lange allein.

Wie geduldig die Menschen doch sind!

Zu Hause räumte er auf. Hinter den Bücherreihen verstaubte, blasse Wände. Immer wieder das Gefühl abgrundtiefer Leere. Max machte sich bewusst, dass sein Wissen ab jetzt niemanden mehr interessierte. Er sah sich als Kind mit Schiefertafel und Knetmasse, erinnerte noch, wie es roch, wenn der nasse Schwamm die kleine Tafel sauber wischte, sieh da, die erste Latein-Grammatik hatte er aufbewahrt, im Schrank unten fand er auch Gabriele, seine Schreibmaschine, mit der er Seminar- und Examensarbeiten getippt hatte, „Coopers ‚Lederstrumpf' und sein Einfluss auf die deutsche Literatur"; bei den Unterrichtsmaterialien lagen noch Matrizen aus der Anfangszeit als Lehrer, Bölls Kurzgeschichte „Die Waage der Baleks", abgetippt, was für Zeit er damals gehabt haben musste. Er las: „Gerechtigkeit der Erden, o Herr, hat Dich getötet". Ihn überraschte die Aktualität. „Interpretieren Sie Bölls Kurzgeschichte und stellen Sie Gegenwartsbezüge ..." Ihm wurde klar, dass er eine neue Sprache brauchte, die alte passte nicht mehr. Sätze, die abrufbereit dalagen, jetzt: nutzlos. Nutzlos wie die Abiturprüfungsaufgaben, Erwartungshorizonte, Testvorlagen:
Verfassungsschema der Bundesrepublik Deutschland? Blaue Tonne.

Entkernung des Ichs. Anders leben.

Im Kleiderschrank ein Meter Jacketts. Linke Innentasche Portemonnaie, rechte Innentasche Diclofenac-Disperstabletten gegen Rückenschmerzen, links außen Taschentücher, rechts Schulschlüssel, Panik, wenn der nicht in der Tasche war, Brusttasche Brille, Rotstift, Füller. Was sollte er jetzt mit diesen vielen Jacketts?

Spontan zog er eines an und besuchte einen ehemaligen Kollegen im Heim. Max hatte gehört, er sei dement. Im Eingang ein großes Poster, eine eingesunkene alte Frau, schwarzer Mantel, tiefe Falten, bleiches Gesicht vor grauem Hintergrund, abstoßend, Sprechblase: „Was guckst du." Weiter unten: „Wir werden alle alt." Die Rezeption mit einem Anflug von Hotel, aber gegenüber ein aufgeschlagenes Buch mit dem Namen des zuletzt Verstorbenen. Max blätterte. Die Abstände zwischen den Eintragungen waren kurz. Daneben: Rezeptkasten, an der Wand der Monatsplan mit Gedächtnistraining, Fitness, Singestunde. Im Gang ein Vogelbauer mit zwei Wellensittichen, eine alte Nähmaschine, Bilder von früher: ein Korbflechter, Mann mit Motorrad auf leerer Landstraße vor weiter Landschaft, Käfer vor Alpenpanorama, locker marschierende Männer auf dem Feld, einige lachen. Max meinte, an einem Kragenspiegel das SS-Zeichen zu erkennen. Weniger Uringeruch, als er erwartet hatte. Dann sah er den Kollegen. Gestützt auf einen Stock, kam er langsam auf Max zu, mager, hinfällig, zerbrechlich, ein Leben im Vergehen, aber immer noch die freundlichen Augen, das weiche Gesicht, die zarten Hände: freudiges Erkennen, wärmender Blick.

Sie gingen am Gemeinschaftsraum vorbei, ein paar Plätze waren besetzt. Gegen die Stille: Radiomusik. Abstellraum, Wartezimmer des Todes. Im Zimmer des Kollegen: 1 Garderobe, 1 Schrank, 2 Stühle, 1 Sessel, 1 Nachttisch mit Fotos und Lampe, 1 Bett, 1 Kommode mit Fernseher, Notrufkabel, Nasszelle, an den Wänden selbst gemalte Bilder: Küstenansichten, Kirche, Ferienbilder, Bücher, die den Geburtsort zeigen, damals und heute: Was vom Leben übrigbleibt.

Max erinnerte ihn an gemeinsame Zeiten in der Schule, wer noch von den „Alten" da war, erzählte von Begegnungen mit ehemaligen Schülern, die er hätte kennen müssen. Ein Nicken, ein Lächeln.

Die Brillanz ehemaliger Formulierungen auf Konferenzen, in Abiturprüfungen, das Anregende in Pausengesprächen, zusammengeschnurrt zu einem gelegentlichen: „Wat du allens noch weetst."

Trotz allem noch ein Abglanz ehemaliger Ausstrahlung in angedeuteten Gesten, in der Gepflegtheit des Aussehens und im Blick.

Max begleitete ihn zur Tagespflege: Altenkitaatmosphäre mit Gemeinschaftsküche, Bastelecken und Ruheräumen, die Leiterin tröstete ihn: „Wie schön, dass wir hier alle ein bisschen verrückt sein dürfen."

Max verabschiedete sich. Das Bild, das ihm blieb: der Kollege neben der Alten auf dem Poster, ein letztes Winken, ein Lächeln.

Müdigkeit ohne Gegenwehr.

Er schlenderte durch die Christianstraße zurück in die Innenstadt. So konnte man alt werden, musste es aber nicht. Es gab Alternativen, nur die wenigsten konnte

man selbst wählen. Was Verrücktes tun. Warum nicht, und wann, wenn nicht endlich jetzt. Er überlegte, aber etwas Verrücktes fiel ihm nicht ein.
An der Anscharkirche radelten Maja und Booker an ihm vorbei, ohne ihn zu erkennen. Das vermisste er: den Blick in junge Gesichter, reden, lachen, miteinander sein, jemanden wachsen sehen, Leben spüren. Absurde Sehnsucht.
Abends viel Rotwein mit Stan Getz.

Beim Brötchenholen am nächsten Morgen kamen ihm auf der Straße die entgegen, die zur Arbeit hasteten. Dass es keine glücklichen Gesichter waren, tröstete ihn nicht, erkannte er in ihnen doch das tief sitzende Bewusstsein von der Sinnhaftigkeit des eigenen Tuns. Er fühlte sich ausgeschlossen. Für Momente beneidete er die junge Bäckereifachverkäuferin, die offensichtlich gebraucht wurde, die ein wichtiges Glied in der Kette der Gesellschaft war, die Brötchen, Brot oder einen Pott Kaffee verkaufte, damit der Erzieher die Kita aufschließen, die Ärztin Leben retten, der Schüler lernen, die Zimmerfrau das Dach decken, die Pastorin trösten konnte usw., damit sie selbst ihren Job behielt, den Verdienst ihres Mannes ergänzte; Miete, Versicherungen, Nahrung, Fernseher, das Kind musste man sich erst einmal leisten können; damit nutzlose Alte wie er nicht erdrosselt oder auf der Wanderung zurückgelassen werden mussten, sondern hier morgens Brötchen kaufen konnten. An ihrem entgeisterten Gesicht erkannte er, dass er schon längst dran war.
In der Nähe wohnte ein Mann, der morgens mit Aktentasche aufbrach, tagsüber ziellos durch die Stadt eilte und am späten Nachmittag schweißgebadet

zurückkam. Sinnentleertes Abbild der Zeit. Max begann ihn zu verstehen.

Beim Frühstück hörte er Nachrichten, NDR Info: „Wissen, was die Welt bewegt". Max zweifelte, dass das reichte. Die Moderatorin trällerte die üblichen Horrormeldungen herunter, als sei alles irgendwie nicht so schlimm. Und der Wetterfrosch nannte die Temperaturen von mindestens 20 Orten, die sich alle nur um wenige Grad unterschieden, aber wohl einmal genannt werden sollten, damit sich die Bewohner ihrer selbst bewusst wurden, und erläuterte dann das Wetter für heute, morgen und übermorgen mit Wertungen für Touristen, Arbeitslose und Rentner, kurz die, die nach Meinung des Senders nur an Sonne, Strand und Ausflüge dachten. Im Übrigen: Viele Nachrichten interessierten Max kaum noch. Dass er wirtschaftliche Zusammenhänge schon seit ein paar Jahren immer weniger verstehen konnte, ja, gewisse Finanzgeschäfte nicht einmal begriff, wenn sie im Wirtschaftsteil seiner Zeitung erklärt wurden, machte ihn ratlos. Wachsendes Misstrauen gegen Krawattenträger. Sah er Banker gemeinsam lachen, gruselte es ihn und er überlegte, ob er sein Geld nicht doch lieber unter der Matratze aufbewahren sollte. Er fühlte dann, dass die Welt ihm entglitt.

Im Wirtschaftsunterricht hatte er zum Schluss Goethes „Zauberlehrling" behandelt.

Was blieb, war ja die Literatur. Aufgewachsen mit Büchern und Zeitungen, dem gedruckten Wort, der Ästhetik eines Titelbildes, eines Layouts, dem Geruch eines frisch ausgepackten Buches, dem wohligen Gefühl, dies ganz bestimmte Buch in der Tasche, auf

dem Nachttisch, vor sich, bei sich, in sich zu haben, kurz: im Lesen zu Hause zu sein, war er nur kurzfristig auf den Fernseher und gar nicht auf das Internet gekommen. Sie schienen ihm nicht hilfreich bei der Frage, wie man denn leben könne, verträglich mit sich und anderen und der Natur. Er konnte so leben. Die Welt wurde aber fremder. Dadurch. Personen aus der Literatur waren ihm vertrauter als die meisten Mitmenschen. Lenz „schien ganz vernünftig, sprach mit den Leuten; er tat alles, wie es die anderen taten, es war aber eine entsetzliche Leere in ihm, er fühlte keine Angst mehr, kein Verlangen; sein Dasein war ihm eine notwendige Last. – So lebte er hin." Max schauderte. Wie nah ihm dieser Lenz war.
Er heftete sich Zettel mit Sprüchen an die Wand: „Die Mitte der Nacht ist zugleich der Beginn des Tages." Oder: Worum es geht? „Das reine Gefühl für das Sein wiederfinden, die schlichte Freude am Dasein ..., die kindliche Ewigkeit." Oder: „Weiteratmen!"

Angesichts des Elends in der Welt schämte er sich, nicht glücklicher zu sein.

Er dachte an eine Therapie, schließlich, wozu waren diese Menschen da, und dass er in der Seele litt, war ihm bewusst. So suchte er sich eines Morgens eine Nummer heraus, rief an, wie man eben anruft bei einem Arzt zwecks Terminvereinbarung, und traf auf einen Anrufbeantworter, der ihn auf ein kleines Zeitfenster an einem anderen Tag verwies, es sei denn, er sei schon Patient. Zur angegebenen Zeit geriet er dann an ein Geschäft für Outdoorbekleidung. Nachdem er sich entschuldigt hatte, verglich er die

Rufnummern und stellte fest, dass er sich bei einer Zahl verwählt hatte, dachte lange darüber nach und entschloss sich, dies irgendwie als Zeichen zu sehen, gab den Gedanken an eine Therapie auf und kaufte sich stattdessen am nächsten Tag bequeme Laufschuhe und eine wetterfeste Jacke.

Nachts schreckte er meist nach kurzem, traumlosen Schlaf auf. Er hatte dann dieses Gefühl wie beim Tauchen als kleiner Junge, wenn er lange unter Wasser gewesen war und plötzlich wusste, dass es nun nicht mehr ging, dass er nach oben musste, um Luft zu holen. 3:40, 2:22 oder gar 1:50 zeigte die Uhr, irgendwo fuhr ein Auto, Leute grölten ihren Frust in die Nacht, ein Martinshorn; es blieb nur noch ein Dösen bis in den frühen Morgen, ein Wandern durch die Zeit, die in ihm war und sich täglich vermehrte; ein Suchen nach Schaltstellen seines Lebens, die Alternativen geboten hätten: auf dem Lande mit Frau und Kindern und Tieren inmitten von Weideland mit Gräben und hohen Bäumen um den Hof, Obst und Gemüse aus biologischem Anbau, Verkauf Do–Sa, z. T. eigene Ernte. Wein hätte er noch dazu nehmen können. Es gab da Verwandtschaft in der Marsch mit Leuten, die hatten wettergegerbte Gesichter und Hände wie Mistforken, die saßen noch hochbetagt auf dem Trecker und zogen Furchen und Scharen von Möwen hinter sich her; oder in den Metropolen auf Konferenzen als Politiker mit Beratern, Leibwächtern, Medienleuten, Türen öffneten sich, der rote Teppich zeigte den Weg, Namensschild vor Mikrofon, Parteiversammlungen, Fernsehinterviews; da hätte er gewiss mehr erreichen können für eine Welt mit Menschen, die einander halfen und Zukunft ermöglichten. Es hatte in seiner Jugend eine kurze Zeit gegeben mit Parteiversammlungen, Programmdiskussionen und Strategien, da gab es Leute, die starteten in seinem Alter erst so richtig durch.

Noch ein Zettel: „Nachts wird auf Baustellen nicht gearbeitet."

Am nächsten Morgen rief er seinen Schulfreund Kalle an, Star-Journalist bis Anfang der 90er Jahre, ach nee, der Max, ja, übermorgen sei gut, buchte ein Zimmer im „Lessing", das ihm vom Namen her am vertrauenswürdigsten schien, und saß tags darauf in der Bahn nach Düsseldorf. Im Hotel über dem Bett überlebensgroß Leonardo da Vincis menschlich-männlicher Körper in Vollendung: Harmonie der Proportionen. Das musste er sich nicht antun. Er bat um ein anderes Zimmer und bekam ein fernöstlich-spirituelles mit Buddhafiguren und Meditationsanleitungen. Schon besser. Er bedankte sich.
Am nächsten Morgen fuhr er mit der Straßenbahn Richtung Medienhafen, staunte wie ein Kind über den alltäglichen Trubel der Stadt, die Fülle der Geschäfte, Auslagen, Büdchen, genoss das ruckhafte Anfahren und geräuschvolle Beschleunigen der Bahn, die fremden Namen der angesagten Stationen, die wechselnden Gesichter im Abteil und überlegte sich dazu passende Geschichten von Herkunft, Flucht und Asyl, Wanderungen durch Staaten und Städte, Amtsstuben, Waschküchen und Schnellrestaurants.
An der Tür von Kalles Wohnung stand nur das vertraute Kürzel CAU aus Journalistentagen. Max erschrak, als er Kalle sah. Jahre hatten sie sich nicht gesehen. Natürlich, alt war er geworden, kleiner, als er

ihn in Erinnerung hatte, wenig Haar, müde und abgekämpft wirkte er, wie früher trug er Jeans und ein ausgebeultes Jackett, unverkennbar diese etwas weiche, sehr leise Stimme, und dann in den Augen ein fast unheimliches Leuchten, Brennen. Er humpelte ein wenig.
Max wunderte sich, wie schnell sie sich in die alte Vertrautheit hineinredeten, wie Kopfhaltung, Lächeln, Handbewegungen geblieben waren, wie ihn ein Gefühl von Jugend überkam.
Während Kalle zwei Espresso holte, genoss Max den weiten Blick über den träge dahinfließenden Rhein, versetzte sein eigenes Leben an diesen Ort, sah sich selbst in der Morgendämmerung mit einem Pott Kaffee hier am Fenster sitzen und den Lastkähnen nachschauen oder nachts mit Rotwein den vielen Lichtern aus Wohnungen, Autos, Straßen, Schiffen nachträumen.

Hier war so viel Welt!

Er wehrte sich gegen aufkommende Vergleiche von Lebensbilanzen.
In der Wohnung sah es nach ungeheuer viel Arbeit aus, Wände voller Bücher, auf dem Boden ein chaotisches Durcheinander von Zeitungen, auf dem Schreibtisch Zettel, Notizen, aus dem Drucker ragte ein dicker Packen Papier. Von seiner Familie erzählte Kalle nicht viel, von Gesine war er schon lange geschieden, wusste nicht einmal, wo sie jetzt wohne und was genau sie mache, sosehr Max auch nachfragte, ja, wohl irgendein kleiner Verlag, der sich auf Bildbände zur Kunst der Antike spezialisiert habe, sein Sohn hatte irgendwann die Schule abgebrochen,

lebte in Köln, der Kontakt war spärlich. Es drängte ihn aber offensichtlich, von seiner Arbeit zu erzählen, seiner Mission, denn nach Journalismus und Bauernhof irgendwo im Norden schreibe er seit Beginn der Finanzkrise an einem Buch, einem Buch, in dem er die entscheidenden Probleme dieser Welt analysiere und am Ende eine Lösung präsentiere, einfach, vernünftig, klar, überzeugend, eine Lösung, die zur Initialzündung einer neuen Partei werden könne, die zunächst national, dann global Mehrheiten gewinnen und die Dinge in Ordnung bringen werde, vielleicht nicht gerade das Paradies, aber auf jeden Fall nicht weit davon entfernt. Die Zeit dafür sei reif. Er sehe sich schon in Podiumsdiskussionen mit Merkel, Steinbrück, Rösler, er werde sie alle blass aussehen lassen, sehr blass.

„Du kannst wieder das Hoffen lernen, mein lieber Max."

Und während Kalle unablässig von Steuerrecht, Vermögensverteilung und Energiegewinnung redete und wie früher viel zu viel und sehr hastig rauchte, dachte Max Gesine nach. Er hatte sie gemocht, scheu um sie geworben, was Kalle nie bemerkt hatte, vielleicht nicht einmal sie selbst. Beliebig abrufbar waren Bilder von ihr, ihre Stimme, ihr Lachen, wie sie morgens auf den Schulhof kam und grüßte, mit heißem Kopf diskutierte, montags den „Spiegel" mit in die Schule brachte, die sozialistischen Grundlagen der DDR verteidigte und sich mit dem Geschichtslehrer fetzte, sich beim Sport jedes Mal das blonde Haar nass schwitzte und abends im „Postkeller" das Bier stemmte, den Rauch der scharfen Gauloises zur Seite blies, unbeirrbar wie Antigone durchs Leben ging, das, was in der Schule zu tun war, tat, weil es eben getan werden musste, um sich dann aber dem Leben zu widmen; wie sie am liebsten mit allen gleichzeitig tanzte und dann beim Abiball gegen Morgen nur noch mit ihm, mit Kalle, und wie alle anderen sagten, das passt, die gehören zusammen.

Und während Kalle redete und redete, stand Max auf, ging im Zimmer umher, suchte sich einen Weg zwischen den Stapeln und Haufen, nickte ab und zu, das eine oder andere kannte er aus der Presse, nahm hier ein Buch, dort eine Statistik, sah, dass vieles schon veraltet war, setzte sich wieder neben Kalle, sah, dass er unter der Nase schlecht rasiert war und ihm Haarbüschel aus dem Ohr wuchsen, und sagte schließlich: „Weißt du, ich versteh deine Unruhe. Aber so funktioniert das nicht. 'Ne Macke hattest du ja damals schon, aber jetzt ... Die Welt ist komplizierter. Selbst wenn du mit dem Buch fertig werden solltest und selbst wenn das alles ganz vernünftig klingt, die Menschen werden dir nicht zuhören oder nur wenige, und sie werden es nicht so machen, wie du das möchtest. Vergiss es. Lass uns am Rhein spazieren gehen."

Kalle schluckte, zog sich aber an und sie gingen nach draußen. Als sie ein paar Schritte gegangen waren, blieb er stehen: „Hab ich abgeschlossen? Verdammt! Ich muss noch mal nach oben. Sonst hab ich keine Ruhe."

Max lachte: „Kenn ich, typische Alterserscheinung. Im Endstadium kommst du gar nicht mehr los von zu Hause. Sobald du die Haustür nicht mehr siehst,

zweifelst du, ob du sie wirklich, wirklich abgeschlossen hast."
„Quatsch", meinte Kalle und rannte kurz nach oben. „Die Arbeit von Jahren hätte weg sein können ...", kicherte er, als er wieder unten war. Trotz der Humpelei konnte er erstaunlich schnell gehen.
Die frische Luft tat Max gut. „Du vergisst", sagte Kalle schließlich, „dass ich schreiben kann. Meine Artikel waren gefragt. Dies hier und noch mehr kann ich mir nur leisten, weil ich damals so erfolgreich geschrieben habe. Sie haben mich umworben. In die SPD sollte ich eintreten, zu den Grünen kommen. Nein, will ich auch heute nicht. Die machen mir alle zu viele Kompromisse. Die denken nur an die nächste Wahl, an ihre persönliche Karriere. Steinbrück? Neoliberaler geht es kaum!"
Und wieder kam er in Fahrt. Max steuerte an der Promenade die Ausstellung „Kunst im Tunnel" an: Bilder, Installationen, alles in Schwarzweiß. Und während Kalle die Nutzungsmöglichkeiten der Erdwärme erläuterte, staunte Max über den Raum, ein ehemaliges Stück Stadtautobahn unter der Erde, jetzt Ausstellungsraum. Fußboden, Decke, Wände: heller Beton. Max blieb vor Bildern von Thomas Ruff stehen, der Zeitungsfotos aus ihrem Zusammenhang gerissen und ohne Text und Bildunterschrift reproduziert und in anderer Weise nebeneinandergestellt hat. „So etwas Ähnliches mache ich auch", sagte er begeistert in eine Sprechpause hinein zu Kalle. „Ich schneide mir wichtige Artikel und Bilder aus, die oft genug neben Sport, Wetterbericht und Klatschmeldungen unterzugehen drohen, klebe sie in Hefte und bewerte sie dadurch neu, stelle auch andere Bezüge her."

Kalle sah ihn, die Bilder, dann wieder ihn an: „Und wozu?" fragte er. „Wozu? Wozu? Wozu?"
Er hatte schon als Schüler die Angewohnheit gehabt, sich an Wörtern oder Satzfetzen, die er für besonders wichtig hielt, festzubeißen und sie dann bis zur Unerträglichkeit in wechselndem Rhythmus zu wiederholen: „Wozu? Wozu? Wozu?"
„Vielleicht", sagte Max, „um irgendwann einmal in diesem Tunnel, diesem grau in grauen Teil einer alten Stadtautobahn, diesem Raum, der immer noch die Illusion von Straße und grenzenloser Weite wachruft und doch hinter der nächsten Kurve abrupt endet, dieser Metapher unserer gegenwärtigen Situation, um hier gezeigt zu werden. Ich sehe die Wände schon vor mir." Max geriet ins Schwärmen. „Seite für Seite, Jahr für Jahr kann der Betrachter an sich vorbeiziehen lassen und ihm gehen die Augen auf."
„Und wozu? Wozu? Wozu?" Kalle kam nicht los von diesem Wort. „Wer verirrt sich in diesen Tunnel? Wer ist außer uns hier? Meinst du, dass die Massen nur darauf warten, wie bei einem ‚Sale! Sale! Sale!' deine Seiten anzustarren, darüber nachzudenken und auf was weiß ich zu kommen?

Kunst mag als Trost für Melancholiker noch ihre Berechtigung haben",

rief Kalle so laut, dass der Mann an der Kasse nervös aufschaute, „aber das ist auch alles. Heute muss es knallen."
„So wie mit deinem Buch", höhnte Max.
„So wie mit meinem Buch", antwortete Kalle bestimmt. „Und heute Abend bring ich dich mit ein

paar Leuten zusammen, die das Ganze mit mir politisch umsetzen werden. Ich bin nicht allein."
Auf dem Rückweg wollte Max noch einmal auf die Kunst zurückkommen. Kunst- und Musikhallen, Museen, Galerien, Bibliotheken, Theater seien die Kathedralen der Neuzeit. Er wolle nicht die Kirchen niederreißen, als Ausdruck des Mittelalters hätten auch sie wie Burgen ihre Berechtigung, aber wenn Menschen sich mit der Fülle, der Vielfalt dessen beschäftigen wollten, die menschliche Kreativität in Jahrtausenden hervorgebracht habe, dann müsse das anders laufen. Die Kirchensteuer müsse durch eine allgemeine Kultursteuer ersetzt werden, um menschlichen Geist endlich angemessen zu präsentieren, um den vielen zu ermöglichen – er wies mit weit ausholender Geste über den Rhein –, im Meer des Schönen und Wahren zu baden.
„Willkommen im Netz", schnitt ihm Kalle das Wort ab. „Da kannst du dir das alles angucken und durchlesen. Da hast du die Fülle. Bequem von zu Haus. Und dann zähl mal nach, wie viele freiwillig in den letzten Tagen – sagen wir mit der Laokoon-Gruppe gebadet haben."
„Und das Raumerlebnis?", warf Max ein.
„Okay, das mit dem Tunnel vorhin und der Autofahrt, die hinter der nächsten Kurve endet, das war nicht schlecht. Das knallt", lachte Kalle versöhnlich.

Am nächsten Morgen saß Max im IC nach Hamburg. Der Abend war laut und trubelig gewesen. Er fluchte auf die Restaurants, die ihre Räume mit Tischen und Stühlen so vollstellten, dass man sein eigenes Wort nicht mehr verstehen konnte. Er hatte sich gewundert, wie viele Menschen Kalle ihm vorgestellt hatte,

verstanden hatte er sie selten, ab und an genickt oder ein „Donnerwetter" einfließen lassen, das kam immer gut an.
Schön war es gewesen, mit Kalle noch ein letztes Glas zu trinken, über den Rhein zu blicken und alte Zeiten an sich vorüberziehen zu lassen. Max hatte ihn gefragt, ob er noch mal zwanzig sein möchte, und Kalle hatte ihn ungläubig angesehen: „Wo ist das Problem? An Kraft nehm ich es mit vielen 20-Jährigen auf, und an Erfahrung bin ich ihnen über", hatte er gesagt. „Ich bin noch lange nicht alle. Ich beweg noch was. Du wirst es erleben."

Nur: Wie wenig Kalle ihn, Max, nach seinem Leben gefragt hatte. Eigentlich gar nicht.

Das Großraumabteil war nur mäßig besetzt. Rechts von ihm, durch den Zwischengang getrennt, eine etwas pummelige Mutter mit vielen Zeitschriften und einem Kind. Es war, als suche sie etwas. Jedenfalls blätterte sie mit großer Geschwindigkeit und verharrte lediglich bei Fotos, die lachende, braun gebrannte Männer und Frauen mit Gläsern in der Hand zeigten, am Strand, auf Luxusyachten, im Abendrot oder in Hotels. Die Mutter feuchtete mit ihrer breiten, fleischigen Zunge hin und wieder den rechten Mittelfinger an, um schneller blättern zu können. Das Kind hatte eine große Tüte mit Himbeerbonbons in der einen Hand, holte mit der anderen einen Bonbon heraus, steckte ihn in den Mund und bewegte ihn mit einem Finger hin und her. Dabei lehnte es sich an die Mutter und starrte ihn an.

Hinter der Frau, aber mit Blickrichtung zu ihm, saß ein etwa 15-jähriger Junge, drückte sich in die Ecke, hielt ein E-Book und las.

Hinter dem Jungen hatte auf beiden Seiten des Ganges um zwei Tische herum eine Frauengruppe Platz genommen und gleich mit Sekt angestoßen. Eine der Frauen hatte den Schaffner mit „Hallöchen, Herr Oberbahndirektor" begrüßt, was mit einem nicht enden wollenden Lachen belohnt und von ihm so beantwortet wurde, dass auch er ein Lachen hervorrief, das wie in einer Wellenbewegung erst allmählich auslief.

Das Kind mit der Tüte Himbeerbonbons hatte sich mittlerweile von der blätternden Mutter gelöst und kam mit rotverschmiertem Mund und klebrigen Fingern tapsig auf Max zu. Auch wenn er wie gebannt aus dem Fenster sah, spürte er die starr auf ihn gerichteten Augen. Die Bewegungen des Zuges und ein Rest von Schüchternheit verzögerten vielleicht ein allzu rasches Nahen des Kindes, aber verhindern konnten sie es nicht. Mit den Fingern ziellos in die Luft grapschend, tastete es sich wie ein Insekt mit großen Fühlern an ihn heran, hinterließ auf dem Sitz neben ihm rote Himbeerspuren, wühlte die dort liegenden Zeitungen auseinander, sodass er sich nun wirklich dem Kind widmen, d. h. ihm die Zeitungen entwenden und diese neu ordnen musste. Dabei wedelte er mit den Zeitungen so, dass man es als Aufforderung hätte verstehen können, sich doch wieder fortzubewegen, und flüsterte „Husch, husch!" Als die Tüte mit den Himbeerbonbons jedoch zu kippen drohte, griff er beherzt zu, was das Kind als Zuwendung aufgefasst haben musste, jedenfalls lächelte es ihn aus rotem Mund mit klebriger Zunge

und Zahnlücken so entwaffnend an, dass er nicht umhin konnte, freundlich, wenngleich etwas gequält, zurückzulächeln. Dadurch ermutigt, schickte sich das Kind an, die Festung vollends zu erobern, packte sein rechtes Knie, um auf seinen Schoß zu klettern, was er zwar abzuwehren und mit einem gedehnten „Nein" zu verhindern suchte, allerdings die Mutter auf den Plan rief, die augenblicklich die Situation durchschaute und ihm, während sie nach dem Kind griff und es aus dieser Gefahr rettete, drohend zuzischte: „Lassen Sie mein Kind in Ruhe!", und dies durch ein in den Raum gestoßenes „Unglaublich!" noch unterstrich.
Er sah zu dem Jungen, der sich von alledem nicht ablenken ließ und konzentriert zu lesen schien.
Draußen fing er das flüchtige Bild eines Mannes mit Hund auf, der auf einem ausgetretenen Pfad zwischen stoppeligen Feldern einem Wald zustrebte, der sich fern in einer Hügelkette im Nebel verlor. Beide trotteten so weltvergessen nebeneinander her, dass er sich wünschte, die ganze Strecke gen Norden selbst so zu gehen, an den Städten vorbei über Land mit dem Duft von Frühling und Bauernhöfen und deftigem Essen in Dorfgasthöfen. Dann stellte er sich die Schmerzen vor, in den Beinen, im Rücken, die Blasen an den Füßen spätestens am zweiten Tag, und hatte plötzlich das Gefühl, all dies da draußen zum letzten Mal zu sehen, wollte sich bestimmte Bilder von Flussläufen, Baumreihen oder Wegen einprägen, um sie mitnehmen zu können, wer weiß wohin. Wir kommen aus der Natur und gehen in die Natur, entschwinden in ihr, werden zu Staub. Wir hinterlassen Spuren, Dinge, die uns gehört und die wir benutzt haben, Fahrrad, Bücher, Fotos, auf denen wir zu sehen sind, Erinnerungen in den Köpfen von

Menschen, die uns gekannt haben: Sätze, Gesten, Eigenschaften. Und auch das verwischt sich, verliert sich in der Zeit. Er dachte an Kalle, an Gesine, an den Rhein und die Zen-Anekdote, die er nachts an der Wand seines Hotelzimmers gelesen hatte: Einmal kam ein Mönch zu Genska und wünschte zu erfahren, wo der Eingang zum Pfade der Wahrheit wäre. Genska fragte: „Hörst du das Murmeln des Baches?" „Ja, ich höre", antwortete der Mönch. „Dort ist der Eingang", belehrte ihn der Meister.
Und als er am Abend wieder zu Hause war, wieder keine Post, wieder keine Nachricht auf dem Anrufbeantworter, und ihm bewusst wurde, wie lange schon, da er sehr früh auch die Schulbuchverlage von seiner Pensionierung unterrichtet hatte, da musste er wieder an dieses Entschwinden denken, erinnerte sich, wie das in der Schulzeit einmal ganz anders gewesen war, und stellte sich dann vor, wie es jemandem gehen könnte, der plötzlich keine E-Mails mehr bekommt, und dachte, so also fühlt sich Sterben auch an.

Allein essen. Wozu?

Er dachte sich lange in die Stille seiner Wohnung hinein.
Schließlich Charlie Haden, „Night and The City", und die beste Flasche, die er besaß.

Am nächsten Morgen setzte er sich gleich nach dem Frühstück an den leer geräumten Schreibtisch und schrieb mit dicker Tinte „Liebe Gesine" auf ein weißes Blatt Papier, irgendwie würde er ihre Anschrift schon herausbekommen. Seinen ersten Einstieg mit dem Besuch bei Kalle strich er bald wieder, stand auf, kramte alte Fotos heraus, sah aber nichts Außergewöhnliches in den jungen, lachenden Gesichtern, was ihm als Anhaltspunkt für Tieferes hätte dienen können, schrieb ein paar Sätze, wie er sie als Mädchen aus der Schulzeit erinnerte, wusste aber nicht anzuknüpfen an etwas, was weit zurück lag, und setzte bei sich selbst an, bei seinem leeren Briefkasten, dem stummen Telefon, kratzte zusammen, was die Schuljahre von ihm übriggelassen hatten, fand dies dann zu aufdringlich und versuchte sich an einer Beschreibung des Lebensgefühls damals, diesem grenzenlosen Optimismus, verglich dies mit seiner Verzagtheit heute, diesem Schwanken zwischen Resignation und Gelassenheit, fand aber nicht die Worte, die auch dem zweiten oder dritten Lesen standhielten, sah lange nach draußen, beobachtete die Vögel, die geschäftig hin und her flogen, überlegte, was er eigentlich mit diesen holprigen Sätzen bezweckte, schließlich war er nicht in einem schlechten Roman, in dem man so mir nichts dir nichts einem Leben ein zweites folgen lassen konnte, stand auf, brachte den Papierkorb zusammen mit dem Müllbeutel nach unten, saugte Staub, machte das Badezimmer gründlich, brachte die leeren Flaschen weg und ging einkaufen.

Ein paar Tage später rief ein ehemaliger Kollege ihn an, hörte ihm zu und lud ihn ein, Ende Juni, Anfang Juli mit in eine Hütte nach Dänemark zu kommen: „Du musst raus, frische Luft, abschalten, nimm ein paar Krimis mit." Er sagte zu und heftete einen weiteren Zettel an die Wand: „Wenn Menschen nicht arbeiten und keine Genies sind, werden sie banal."

Er las Meyer-Abichs „Philosophie der Medizin. Was es bedeutet, gesund zu sein", Petrarcas „Lob der Abgeschiedenheit", blätterte in Montaignes „Essais" und Schopenhauers „Parerga und Paralipomena", las langsam und manchmal laut, forschend, zweifelnd, unterstrich und machte Anmerkungen, hörte einen Vortrag über chinesische Philosophie, sah im Kino „Die große Stille", über das Leben der Karthäusermönche, trieb sich auf Friedhöfen herum und besuchte Ausstellungen von Corot, Hammershøi, Krøyer und Rathlev mit ruhigen, weiten, lichten Bildern von Landschaften und Menschen, entdeckte Neues von Rousseau, klebte und aktualisierte sein politisches Tagebuch.

III

... und morgens, wenn es noch um sechs oder sieben gar nicht hell werden wollte, stellte Max sich Mönche im Mittelalter vor, die nachts um zwei anfingen zu beten, dass es wieder Tag werden möge, und die, wenn dann die Sonne über dem Horizont sichtbar wurde, weil sich die Erde soweit gedreht hatte, freudig erregt waren ob ihres offensichtlichen Erfolgs und diesen vielleicht auch noch den armen Bauern der Umgebung für ein Huhn extra vermitteln konnten. Und er musste lächeln.
Aber wenn er dann tatsächlich am Fenster seines Schlafzimmers stand, es ging nach Osten, das Rollo hochzog und den hellen Himmel sah, der den neuen Tag ankündigte, oft goldgelb, rötlich oder blau schimmernd, von Wolkenstreifen durchzogen oder nicht, immer aber sehr, sehr hell, dann sah er in dem Verhalten der Mönche fern des naturwissenschaftlichen Unverstandes vor allem Dankbarkeit und Demut. Das schien ihm wertvoll.

... und als er im Frühjahr Zugvögel über sich hinwegziehen sah, packte ihn eine unbestimmte Sehnsucht und es zog ihn hinaus aufs Land. Er ging weiter als sonst, über die Autobahnbrücke hinweg, hörte die Motoren, sah die Wagen auf sich zuschießen, unter sich verschwinden, wieder auftauchen, ohne Menschen hinter den Scheiben wahrzunehmen. Er kam an Bauernhöfen mit kläffenden Kötern vorbei und fasste den Regenschirm fester, bis er etwas erschöpft vor einer alten Weide stehen blieb, die in einem Tümpel stand. Er betrachtete lange den Stamm, verfing sich in den Spuren der Rinde und den Falten der Haut seiner Hände, Lebensspuren. Zunächst ragten noch Maisstoppel aus dem schneenassen Boden; Bäche und Gräben waren randvoll und erinnerten an Kindertage: in Gummistiefeln durch fließendes Wasser waten mit dem kribbeligen Gefühl, es könnte doch irgendwo zu tief sein und über den Rand laufen oder Stöcker als Flöße oder Schiffe in einen fließenden Bach setzen und gucken, wieweit man sie sehen konnte oder welcher Stock am weitesten kam. Ein Reh sprang achtlos über ein Feld und kam ihm sehr nah, er erschrak. An Wegesrändern Knicks, knorrige Eichen und bemooste Baumstümpfe; behäbig brummte in der Luft ein Motorflugzeug, Windräder drehten sich müde am Horizont, und während er dem Wellenspiel eines Dorfteichs zusah und eine Banane aß, wärmte die tiefstehende Sonne sein Gesicht.

Das Ländliche begann für ihn da, wo er von unbekannten Radfahrern gegrüßt wurde, er gewöhnte sich daran und grüßte zurück. Er sah Hasen über eine Wiese jagen, Fasane flatterten aus einem nahen Gebüsch, Bussarde zogen ihre Kreise, er begrüßte den ersten Schmetterling. Schon bald guckten nur noch die Köpfe der Rehe über den gelben Rand des Getreides und er suchte um die Mittagszeit den Schatten der Bäume.

Im Juni zogen tagelang dunkle Wolken über das weite Land, es donnerte und blitzte, Wasser quoll über Dachrinnen, Waldwege weichten auf, der Wind in den Bäumen klang nach Herbst.
Doch das ging vorüber. In den Pfützen spiegelten sich dann kleine, weiße Federwolken, die ein warmer

Wind im Blau des Himmels vor sich hertrieb. Er suchte die einsamen Wege, sah über die satten, grünen Wiesen an verwilderten Alleen vorbei weit in das Land hinein. Kamillenduft wehte heran. Ein morgendliches Vogelkonzert im Wald erinnerte ihn an Bachs Musik in hohen Kirchen und es gab Momente der Ruhe, der Stille, da fühlte er sich ganz bei sich.

Er staunte über den Wandel der Jahreszeiten, den er oft von einem Tag auf den anderen wahrzunehmen glaubte und der ihn versöhnlich stimmte, wenn er an den Ablauf des eigenen Lebens dachte, eines Lebens, das ihm mehr und mehr als eine in sich stimmige Geschichte erschien, die auch sein Alleinsein erklärte. Dann freute er sich, müde sein zu dürfen, lag im Gras, träumte vor sich hin und wünschte sich, dass es eine kleine Weile noch so blieb. Wenn er Erinnerungsräume durchstreifte, fiel ihm auf, dass er in seiner alten Schule jede Tür, jeden Gang, jede abgetretene Stufe, jedes zerkratzte Geländer und jeden alten Teepott vor sich sehen konnte, jede entweder nach Wasser lechzende oder ertrinkende Pflanze. Schülergesichter zogen an ihm vorbei, intelligente, fleißige, schöne und andere und gemischte und ganz andere. Und wenn er dann zwischen den Feldern entlangradelte, manchmal freihändig oder in Schlangenlinien, so leicht schien ihm die Welt, erwachte in ihm eine fast vergessene Lust und er sah sich wieder im Schatten junger Mädchenblüte mit dem Schild vor Augen: Berühren verboten. Aber traumtot musste er nicht sein. Er lächelte mehr, auf dem Wochenmarkt oder im Café, und freute sich, wenn er ein Lächeln zurückbekam.

IV

Mitte Juni betrat Max gegen Mittag den Supermarkt, der an die Sporthalle der Schule grenzte. Er hatte sich im Wald müde gelaufen und sehnte sich nach einem Cappuccino. Monate war er nicht hier gewesen: Wie früher zur Linken der Kassenbereich mit Quengelzone und Zeitschriften. Heute kein kleines Kind, das beim Warten nach Süßigkeiten grabschte oder nach einem Eis quakte, daneben Lotto/Toto als Glücksversprechen für die, die sich bei einer Wahrscheinlichkeit von 1:12 Millionen immer noch Hoffnungen machten, geradeaus der Stand für Obst und Gemüse, gespiegelt, angestrahlt, das Frischesignal, der Eyecatcher, das Lockangebot. Er wandte sich nach rechts, Bäcker, BILD-Zeitung, Schlagzeile: „Zitter. Bibber. Weiter." Brot, Kuchen und ein kleiner Mittagstisch: belegte Brötchen, Tagesgericht, an der Fensterfront kleine, hohe, runde Tische, an denen man stehen oder auf Hochstühlen sitzen konnte. Am letzten Tisch saß Booker. Allein. Hinter dem Tresen flitzten drei oder vier Angestellte herum, denn hinter Max kamen die ersten Handwerker von der nahen Baustelle. Er kaufte einen Cappuccino und ließ seine alte „Treuekarte" stempeln, grüßte, lächelte und stellte sich zu ihm. Booker nickte. Er saß aufrecht. Immer saß Booker aufrecht. Seine Haltung forderte von seinem Gegenüber wie selbstverständlich Respekt. Ganz in Schwarz gekleidet, blickte er Max aus dunklen Augen ruhig und offen an, wobei die eine Gesichtshälfte Scharfsinn, Skepsis und Melancholie ausdrückte, die andere eine nahezu grenzenlose Naivität, eine Bereitschaft, sich dem anderen schutzlos auszuliefern. Etwas Weiches lag um seinen Mund. Von den Mitschülern wurde er akzeptiert, seit er einen Ball, der sich beim Herumbolzen zu Beginn einer Sportstunde im Gestänge der Hallendecke verfangen hatte, von den anderen erst belustigt, dann staunend beobachtet, heruntergeholt und auf die Ermahnungen der zwischen Wut und Erleichterung schwankenden Lehrkraft ganz ruhig geantwortet hatte, er kenne kein Schwindelgefühl. Jede Mannschaft war froh, ihn im Sport bei sich zu haben, im Übrigen war er aber, abgesehen von Maja, Einzelgänger.

Max stellte Fragen, die lagen da, abrufbereit nach Jahren als Lehrer für solche Situationen, wie es ihm gehe, ob alles in Ordnung sei, Klausuren, Themen in den Fächern, die Max unterrichtet hatte usw. Booker gab Auskunft, blieb aber knapp und im Allgemeinen. Max rührte die Hälfte des Zuckers aus dem Päckchen in den Cappuccino und fragte ihn, ob er sich an die letzte Klausur erinnern könne, Stichwort: Geschichte der USA, und als Booker nickte, er habe damals wie George den USA den Niedergang vorausgesagt, es aber leider wenig begründet. Ihn, Demant, interessiere, was Booker heute dazu sage. Max probierte vorsichtig den Cappuccino.

„Es ist immer so wenig Zeit bei den Klausuren", sagte Booker, „und ich schreibe sehr langsam. Die Mittelschicht bröckelt, die Gesellschaft zerfällt in wenige Reiche und viele Arme, die Reichen können trotzdem mit ihrem Geld die Wahlen zugunsten der Republikaner beeinflussen, weil die meisten Amerikaner nicht mehr zwischen Meinung und Wissen unterscheiden können. Es wird also eine Politik für die wenigen Reichen gemacht. Das schafft soziale Spannungen. Obama hat kaum etwas erreicht

in den letzten vier Jahren. Das Wunder, das die Karikatur nach seiner Wahl 2008 beschrieb, eine tanzende Freiheitsstatue neben einem tanzenden Obama, ist auch aufgrund der Blockade der Republikaner im Kongress nicht eingetreten. Es fehlt die Fähigkeit zum Kompromiss. Da geht nichts mehr."
„Ja, die Karikatur war gut", sagte Max, jetzt schmeckte der Cappuccino.
„Ich denke, die Amerikaner verdummen", sagte Booker, „ amüsieren sich zu Tode. Der Quotengeilheit der Medien entspricht ein kindisches Spaßfernsehen. Und die Probleme in den USA nehmen zu: steigende Staatsverschuldung, Blindheit gegenüber dem Klimawandel, Bildungsnotstand, die hohe Zahl von Gefangenen, Schusswaffengesellschaft – dieser Glaube, wenn jeder eine Schnellfeuerwaffe besitze, sei die Welt sicherer. Eigentlich sind viele Amerikaner immer noch im Wilden Westen, nur dass sie jetzt nicht mehr Indianer jagen, sondern sich selbst, die eigenen Kinder oder Terroristen. Warum haben sie den Al-Qaida-Führer Osama bin Laden unter dem Codenamen Geronimo verfolgt? Der Apache war acht Jahre alt, als seine Eltern hinterhältig in eine Falle gelockt und erschossen wurden, später hat er auch Frau und Kinder verloren. Er hat mit ein paar Dutzend Kriegern gegen 5000 Soldaten tapfer für die Freiheit seines Volkes gekämpft. Warum sein Name?"
Er habe gelesen, dass die Militärausgaben der USA 40 % der aller anderen Staaten betrage, rund 510 Milliarden Euro, das sei doch Wahnsinn. Booker schwieg, als habe er sich zu sehr in etwas hinein-

geredet und wolle wieder ruhig werden. Er nippte an seinem Kaffee.

„Sie sind doch Amerikaner", knüpfte Max den Faden weiter. „Ja." Booker schwieg. Etwas nur zu sagen, um ein Gespräch nicht abbrechen zu lassen, war offensichtlich nicht seine Sache. Zudem spürte Max, dass in dem Schweigen ein Vorwurf enthalten war, was denn wohl diese Frage in diesem Zusammenhang für eine Rolle spiele. So fuhr er fort: „Wann waren Sie das letzte Mal in den Staaten?" „Das ist lange her", antwortete Booker. „Mein Vater und ich leben seit 15 Jahren in Deutschland. Er muss ab und zu rüber. Ich bleibe dann hier. Ich mag nicht fliegen." Beide schwiegen.

„Aber die USA sind eine Demokratie", sagte Max schließlich, „Unabhängigkeitserklärung, Verfassung, Freiheitsstatue, Sehnsuchtsort für viele bis heute."
Booker antwortete, als ob er das Gespräch schon einmal geführt hatte, allein, und jetzt prüfen wollte, ob da etwas von ihm vergessen worden sei. Er sprach langsam und manchmal etwas unbeholfen, begann mit dem „Völkermord" an den Indianern, der Sklaverei und Diskriminierung der Schwarzen, nannte diese „lächerliche" Vorstellung, ein auserwähltes Volk zu sein, das die Welt einzuteilen wisse in Gut und Böse, die Bedeutung der Religion, den „American way of life", sie „wollen alles haben und am liebsten in sich hineinstopfen", sie seien wie kleine Kinder, er sagte ein paar Worte zu „Imperialismus", Vietnam und Irak. Er lese gerade Rifkins Buch „Der europäische Traum" und fühle sich bestätigt. „Die Amis sind dumm. Sie haben ein Paradies bekommen und richten es

zugrunde. Sie machen es zu einer unbewohnbaren Wildnis."

Booker hatte zuletzt sehr leise gesprochen, aber Max wunderte sich, was dabei herauskommen konnte, wenn jemand den Unterricht über den Wunsch nach einer guten Note hinaus sehr ernst nahm und für seine Gefühlswelt passend machte, und staunte, was Booker gelesen hatte. So ließ er sich hineinziehen in dieses Gespräch über die Mittagspause der Bauarbeiter in einen weiteren Cappuccino und eigene Erinnerungen hinein, mahnte zur Differenzierung, wenngleich er ihm im Stillen recht gab, gesellschaftliche Prozesse seien zudem offen, erwähnte am Ende Lederstrumpf alias Natty Bumppo alias Hawk-eye, der ja im Laufe seines Lebens vor der sogenannten Zivilisation immer weiter in den Westen geflüchtet sei und dann zum Beispiel in Band 5 diese herrliche Stelle, da er tieftraurig beobachtet, wie eine Gruppe Auswanderer in der endlosen Weite des Präriegrases nur für ein einziges Nachtlager mal so eben einen kleinen Baumwollwald umlegt, der dort in Jahrzehnten an einer Wasserstelle gewachsen ist, 1827!, und „Begrabt mein Herz an der Biegung des Flusses", woraufhin Booker ihm von seinen indianischen Wurzeln erzählte, seiner Mutter, die eine Dakota-Sioux gewesen sei, von Crazy Horse, dessen Kopfschmuck in seinem Zimmer als Poster hänge und den er sehr bewundere, bis sich das Gespräch irgendwo im hohen Präriegras verlief.

Sie lachten, wenn sie auf Bücher kamen, die sie beide gelesen hatten. Max erfuhr, dass Booker mit seinem Vater in der Marienstraße in einer großen Villa wohne, deren Besitzer sich für ein paar Jahre in China aufhielten, dass das Mobiliar zum großen Teil im

Haus geblieben sei, Booker sich die Bibliothek als eigenes Zimmer ausgesucht habe und schon von seinem ersten Kindermädchen, das sehr streng gewesen sei, in Deutschland mit Indianergeschichten zum Lesen gebracht worden sei: „Lies ‚Harka, die Söhne der großen Bärin', dann erfährst du etwas über deine Vorfahren."
Max wollte noch einmal über die USA der Gegenwart sprechen, aber Booker mochte nicht, da war er eigenwillig. Von den Amerikanern Mäßigung zu verlangen sei wie den Wind aufzufordern, nicht mehr zu wehen, flüsterte er und fragte dann nach dem Ruhestand. Max suchte mühsam nach einem Anfang, wollte nicht im Allgemeinen bleiben, fand aber nur schwer Details, an denen sich beispielhaft etwas hätte zeigen können, was, wusste er auch nicht so genau, verhaspelte sich, fand selten die richtigen Worte, einiges kam ihm jetzt und hier an diesem Ort auf einmal lächerlich vor, das hatte im Wald oder auf einsamen Wegen anders ausgesehen, dachte am Ende, dass vieles wohl jenseits der Sprache besser aufgehoben sei, und beneidete die Mönche im Schweigekloster. Schließlich rettete er sich, indem er von seinem politischen Tagebuch, den Klebeheften, erzählte, wenn Booker wolle, könnte er sie sich ausleihen und sie könnten dann weiterreden usw.

Plötzlich stand Maja neben ihnen. Sie war am Nachmittag auf dem Bauernhof gewesen, hatte gehört, dass Booker noch bei Edeka war, und wollte ihn abholen. Max fragte nach dem Hof, und als Maja merkte, dass Max sich wirklich dafür interessierte, zeigte sie ihm auf ihrem iPad einen kleinen Film, auf dem die Gebäude, einige zurzeit ungenutzt, wie sie erläuterte, der Hofladen, die angrenzenden Felder und auch die Menschen zu sehen waren, die dort lebten und arbeiteten. Maja tippte mit ihrem rechten Zeigefinger auf das, was sie erklärte. Sie stand sehr dicht neben ihm. Max konnte nicht widerstehen, es wie aus einer zufälligen Bewegung heraus zu einer Berührung kommen zu lassen, und wunderte sich. Er sah ihrer Hand an, dass sie noch vor kurzem in Erde gewühlt hatte, aber er sah auch die weiche, glatte Haut, den festen, fast muskulösen, leicht gebräunten Arm, den zarten Haaransatz, denn sie hatte die Haare locker hochgesteckt, ein paar Sommersprossen auf ihrem ebenmäßigen Gesicht und das Leuchten in ihren blauen Augen. Es war fremd und schön, so nah neben ihr zu stehen, ihre Gesichter waren auf gleicher Höhe; da war das Video zu Ende, sie lachte und steckte das iPad ein.

Max bedankte sich kurz. Er war still geworden, rührte noch einmal den Rest Schaum in seiner Tasse um und um und hörte wie von fern, dass Maja und Booker miteinander sprachen.

Als sie sich trennten, war es schon später Nachmittag. Max hatte auf wunderliche Art Mühe, wieder in Zeit und Raum zurückzukehren. Erinnerungstrunken kam er zu Hause an. Zwei Tage später holte Booker die Klebehefte ab.

V

Am Abend des 4. Juli saß Max auf dem Rücksitz eines großen Volvo-Geländewagens, der seinem Freund und dessen Partnerin Aenne gehörte, die ihn gleich zu Beginn der Ferien für eine Woche mit in eine Hütte nach Dänemark genommen hatten: Schön war es gewesen, am Strand zu gehen, am liebsten der Sonne entgegen, sich in den Wind zu hängen, der von weither kam, und sich treiben zu lassen, oder in den Dünen zu liegen und dem behäbigen Anschlagen der Brandung oder den aufgeregten Lerchen unter hohem Himmel zuzuhören. Abends Gespräche bei Fisch und Rotwein.

Der Krimi lag am Ende noch so eingeschweißt da wie am Anfang, denn Max hatte sich aktuelle Zeitschriften gekauft und auch alles über den UN-Gipfel Rio+20 gelesen. Er erinnerte sich an 1992, als er wie viele andere gehofft hatte, dass nach dem Ende des Kalten Krieges die Menschheit sich gemeinsam und ernsthaft um die Grundlagen des Überlebens auf dem blauen Stern kümmern würde. Am Ende hatte Helmut Schmidt die Mammutkonferenz als Menetekel bezeichnet, dass die Menschen ihre Probleme nicht in den Griff bekommen, und das damit begründet, dass der Aspekt der Bevölkerungsexplosion, auch auf Druck der katholischen Kirche, von vornherein ausgeklammert worden sei, dass die Industriestaaten, allen voran die USA, ihre Verantwortung für den Treibhauseffekt und den Klimawandel nicht akzeptierten und nicht bereit waren, z. B. ihre immensen Militärausgaben zu senken, um finanzielle Mittel für eine andere Politik freizumachen. Schmidt prophezeite den Anstieg des Meeresspiegels,

Massenwanderungen, gegen die die Schrecken der Völkerwanderung am Ende des Römischen Reiches verblassen, und die weitere Zerstörung der natürlichen Grundlagen. Und der Journalist Bernd Ulrich sah schon 1992 die scheiternden Politiker letztlich als Spiegelbild der Bevölkerung, wenn eine Mehrheit nicht bereit sei, auf Besitzstände und Gewohnheiten zu verzichten, gehe es nicht. Es könne sich nicht alles ändern, ohne dass es zu merken sei.

Max erinnerte sich an ein Wochenende in der kleinen Stadt, in der er lebte, einige Jahre nach Rio. Menschen aus allen gesellschaftlichen Gruppen hatten im großen Saal des Gemeindehauses am Alten Kirchhof in Gruppen Vorschläge erarbeitet, wie zumindest das Leben in der Stadt sich ändern könnte: global denken, lokal handeln. Neben vielen Ideen erinnerte er sich vor allem an den Spaß, an die Aufbruchsstimmung, an das Gefühl von Gemeinsamkeit: Das also ist auch unsere Stadt. Am Ende kamen ein paar Politiker und die Presse. Und dann kam nichts mehr. Was für Max geblieben war: Menschen, die er damals kennen gelernt hatte, grüßte er noch heute, und beide Seiten erkannten sich in diesem besonderen Lachen von damals. Aber: An ein Designer Outlet Center oder ein neues Einkaufszentrum hatte man eigentlich nicht gedacht.

Er erzählte Aenne und seinem Freund dies alles und auch, dass man bei Rio+20 kaum weiter gekommen sei. Über die Bevölkerungsexplosion zu reden sei immer noch tabu, obwohl über zwei Milliarden Menschen in diesen 20 Jahren dazugekommen seien, der CO_2-Ausstoß steige weiter, ebenso der Meeresspiegel, die Zahl der Autos habe 2011 die Milliardengrenze überschritten, Kohle, der schmutzigste und klimaschädlichste Brennstoff, sei wieder im Kommen, die Waldvernichtung nehme zu, die Artenvielfalt nehme ab. Konkrete Ergebnisse habe es nicht gegeben.

Sie hatten im letzten Licht des Tages auf der Terrasse gesessen, Dünen über Dünen vor sich, den weiten Himmel über sich. Er hatte auf die unzähligen Kondensstreifen gezeigt, erzählt, wie für ihn als Junge auf dem Lande diese Streifen stets die Sehnsucht nach der großen Welt bedeutet hätten, nach Städten und Ländern, die er nur aus Sendungen im Radio wie „Zwischen Hamburg und Haiti", dem Schulatlas oder Büchern zu Weihnachten wie „Durch die weite Welt" kannte; und diese Streifen sehe er jetzt auch als eine Art Menetekel, als Schrift am Himmel, die kommendes Unglück voraussage. Und er hatte ihnen von seiner großen Müdigkeit erzählt, die ihn manchmal erfasse, einem Gefühl, sich am liebsten wie ein Blatt im Herbst fallen lassen zu wollen; und neben Alter, Ruhestand und Schmerzen hier und da mache er auch dafür verantwortlich, dass ihm ein gewisses Urvertrauen in den Menschen abhanden gekommen sei. Gerade seine Generation habe nach Erstem und Zweitem Weltkrieg, nach Faschismus und Sozialismus, nach heißem und Kaltem Krieg eine große Chance gehabt, und diese Chance habe man vertan. Man habe sich im Westen in dem Gefühl gesonnt, auf der richtigen Seite zu stehen und es schon irgendwie immer besser machen zu können, habe gedacht, nie wieder Faschismus, das reiche; aber dabei habe man, wie Eltern oder Großeltern, sich ebenfalls täuschen lassen, die Zeichen nicht verstanden, sich dem Diktat der Ökonomie ausgeliefert, der nackten Zahlen weltweit, dem Haben, der Gier, und man sei gescheitert.

„Mein Fehler war", sagte er, „jahrzehntelang in der Zeitung zuerst das Feuilleton gelesen zu haben, und zum Schluss den Wirtschaftsteil, wenn überhaupt. Umgekehrt wäre es besser gewesen. Wir haben alle große Rosinen im Kopf gehabt, und am Ende ..., wie brüchig, wie nichtig das alles." Max trank und fuhr fort: „Carpe diem quam minimum credula postero!"

Sein Freund hatte geantwortet, wie viele hätten am Ende des Römischen Reiches geglaubt, der Weltuntergang sei da; war aber nicht, war nur ein Übergang, das Ende des Einen und der Anfang von etwas Neuem. Und da er fest im Glauben stand und sich, wenn er verreiste, die Hotels so aussuchte, dass er frühmorgens um sechs mit dem ersten Glockenschlag geweckt wurde, ja, schon beim Reservieren des Zimmers fragte, ob er eine Probe des Klanges hören könne, der ihn in diesem Zimmer erwarte, hatte er, da der Mensch ja in der Tat ein einziges Mängelwesen oder zumindest ein Wesen voller Widersprüche und Ungereimtheiten sei, auf eben diese Kraft verwiesen, diese Energie, die über den Menschen stehe und ihm die Hoffnung gebe, dass es eine höhere Art von Geborgenheit gebe, der wir uns anvertrauen könnten.

Max hatte geantwortet, er sehe diese kleinen Menschen am Rande eines riesigen Universums, das sich nach Gesetzen richte, die wir nicht bestimmen und beeinflussen könnten. Wir müssten uns nach ihnen richten, wollten wir, dass noch in hundert Jahren ein Leben dem unseren ähnlich zu führen möglich sei. Im Übrigen, das sage sich so dahin,

Lebensgrundlagen vernichten, Untergang der Menschheit usw.; das Entsetzliche sei ja, dass da nicht irgendein Schalter umgelegt werde, sondern Katastrophenszenarien zunähmen, die man sich in Film oder Literatur zunehmend vorzustellen beginne und die es ja bereits in Ansätzen gebe. Und es gehe dabei nicht um eine Insel mit zwei Bergen im Nirgendwo, sondern um Bangladesch, die großen Flusslandschaften, um New York, Venedig; man müsse wohl Thomas Manns „Tod in Venedig" neu interpretieren, und was werde aus den Inseln in der Nordsee, aus der dänischen Küste: alles eindeichen? Dieser Planet könne ohne den Menschen leben, der Mensch aber nicht ohne gewisse Grundlagen, die allein dieser Planet ihm biete. Schon heute entscheide jeder Einzelne mit darüber, ob es auf längere Sicht eine Menschheit geben soll oder nicht. Er könne dieser Wahl gar nicht ausweichen. Er treffe sie täglich durch seine Entscheidungen, was er isst und trinkt, wie er wohnt, arbeitet, von Ort zu Ort gelangt, reist, was er trägt, welche Medien er benutzt, welche Politiker er wählt, was er glaubt oder nicht glaubt, welche Religion er unterstützt, wie er mit seinen Mitmenschen umgeht usw.; ständig entscheidet er als Einzelner letztlich auch über die Zukunftsfähigkeit des Menschen. „Und nun bitte ich euch, wenn ihr die Menschen betrachtet, beobachtet, wie entscheidet sich die Mehrheit, wohlgemerkt die Mehrheit, die große Mehrheit, welche Interessen setzen sich durch, seht ihr in absehbarer Zeit eine Chance, dass weltweit, weltweit Entscheidungen getroffen werden, die die Lebensgrundlagen künftiger Generationen angemessen berücksichtigen?"

Aenne hatte ihm zu mehr Gelassenheit geraten. Er dramatisiere, sei ja ein richtiger Schwarzseher. Sie wisse nicht mehr, wer es gesagt habe, aber sie erinnere den Satz, derjenige gehe zugrunde, der immer zu den Gründen gehen wolle, also in die Tiefe, bis zum Letzten. Das ewig Beständige sei die Veränderung, aber „Unverhofft kommt oft, und manchmal auch im Guten!" Anfänge einer anderen Energiegewinnung und eines anderen Lebenswandels gebe es doch, und: „Der Anfang ist die Hälfte des Ganzen!" Max dürfe die großen Fortschritte z. B. in Europa nicht übersehen. Man müsse auch auf neue Chancen und Möglichkeiten warten können. Im Übrigen:

„1. It's the economy, stupid, not the ecology.
2. Ich will *jetzt* arbeiten und Geld verdienen, von *morgen* kann ich *heute* nicht leben.
3. Was kümmert's dich, Max, du wirst das nicht mehr erleben, und Kinder hast du meines Wissens nicht.

4. Um das mal ganz deutlich zu sagen, nur weil du alt und depressiv wirst, muss nicht gleich die ganze Welt untergehen!"

Und dann war sie aufgestanden, hatte noch eine Flasche Wein und etwas Käse geholt, und nachdem sie nachgeschenkt und den Käse abgestellt hatte, war sie hinter Max getreten, hatte ihn gestreichelt, den Nacken etwas massiert und ihm etwas ins Ohr geflüstert, was er aber wegen des Tinnitus nicht verstanden hatte, und nachfragen mochte er nicht.

All die Tage hatte er ruhig geschlafen. Er wusste, sein Leben war mehr als das, was er erinnerte und sich oder seiner Generation zum Vorwurf machte. Wenn am Ende der Nacht böiger Wind um die Hütte strich, der Kühlschrank rummelte oder irgendwo eine Maus nagte, hatte er viel an Aenne gedacht, die jetzt vorn auf dem Beifahrersitz saß und deren Profil er im Licht einer Straßenbeleuchtung oder eines entgegenkommenden Fahrzeugs sehen konnte. Beliebig abrufbar waren Bilder von ihr, Aenne im T-Shirt am Strand, Aenne nackt in der Brandung, beim Abtrocknen, auch ihr Lachen, ihre Stimme, das Gefühl, wenn sie ihn morgens zur Begrüßung umarmte, so umarmte, dass er ihren ganzen Körper spüren konnte.

Sie schwiegen, nach so vielen gemeinsamen Tagen war eigentlich alles gesagt. Draußen zog im letzten Licht des Tages Landschaft mit Wiesen vorbei, ein mächtiger Baum hob sich vom Abendhimmel ab. „Wer möchte leben ohne den Trost der Bäume!" Er freute sich auf den Herbst, erdige Wege, bunter Blätterregen.

Meer, Küste, Dünen, alles schön, aber auf Dauer zu platt, zu eintönig.
Der Volvo erinnerte ihn an die Fahrt mit einem gepanzerten Fahrzeug zu Bundeswehrzeiten: kleine Fensterscheiben, viel Metall und Kunststoff um einen herum, Mauern aus Motorblock, Stauraum, Knautschzonen. Ein Gefühl von Schutz und Sicherheit. Kontakte zur Außenwelt über Navi und Messgeräte. Wie eine eigene Welt, eine Raumkapsel, ein Kokon.
Aenne telefonierte mit ihrer Freundin, mit der sie in Hamburg eine Strandbar führte: „Hawaii Beach". Sie

erkundigte sich, wie die letzten Tage gelaufen waren, hörte zu, lachte und verabredete sich für morgen.
Es war spät geworden, kaum noch Verkehr. Am Himmel der Mond als einsame Laterne. Er summte das Lied von Lili Marlen. Sie kamen an der Ausfahrt Owschlag vorbei. Er hörte Aenne sagen: „Gleich kommt noch eine Raststätte, aber ich denke, wir brauchen doch nichts mehr, die Brücke noch und dann sind wir ja gleich da, oder?"
„Von mir aus, fahrt nur zu", sagte Max.

Aenne sah die Warnleuchten als Erste: „Was ist denn da vorn los? Fahr mal langsamer. Die wollen die Straße sperren. So'n Scheiß!" Personen vom Technischen Hilfswerk gingen herum, das „THW" reflektierte deutlich sichtbar. „Das schaffen wir noch", sagte Aenne. „So schlimm kann das ja nicht sein, man weiter."

Der Volvo glitt durch eine Lücke auf die Brücke zu. Die roten Schlussleuchten des Wagens entfernten sich schnell. Plötzlich gab es einen entsetzlichen Knall: Funken, Stichflammen, Betonteile, Stahl, Straßenbelag, ein wirres Durcheinander, das sich im Halbdunkel von Straßenlaternen und Mondschein bot. Die Straße schien sich in der Mitte zu heben, bevor alles in sich zusammenbrach, in die Tiefe rauschte, in den Kanal klatschte. Die Brücke war offensichtlich gesprengt worden, auseinandergerissen, ein Loch, eine Lücke klaffte da, wo eben noch der ruhige nächtliche Verkehr auf der A7 geflossen war.

VI

Sie war wütend, neugierig, traurig. Alles in einem entsetzlichen Mix. Und nebenbei versuchte sie ruhig und konzentriert auf der Bundesstraße an die Westküste zu kommen. Eine Woche lag die Sprengung der Rader Hochbrücke zurück. Drei Tote. Unter ihnen ihr ehemaliger Lehrer, Max Demant. Millionenschäden an der Brücke. Operation „Die große Stille". Gefilmt und der Öffentlichkeit verkauft als Signal, zur Ruhe, zur Besinnung, zur Vernunft zu kommen, dem Schnelligkeits- und Wachstumswahn abzuschwören. Die Gruppe, die dahinterstand, hatte offenbar keinen Namen, aber gute Verbindungen. THW-Fahrzeuge waren benutzt worden, und bisher gab es keine heiße Spur.
Ulrike Beuysen merkte, dass sie zu schnell fuhr, viel zu schnell. Sie zwang sich, den Fuß vom Gaspedal zu nehmen und nicht schneller als 100 zu fahren. So früh war wenig los auf den Straßen. Sie war freie Mitarbeiterin bei der „Umschau", einem Lokalblatt. Es gab eine Menge zu tun in diesen Tagen. So ein Ereignis in der Region, da musste man sich behaupten gegenüber den großen, überregionalen Tages- und Wochenzeitungen, dem Rundfunk und dem Fernsehen. Die Leser sollten merken, dass „ihre" Zeitung gerade jetzt eine wichtige Funktion besaß. Was bedeutete dies für den Einzelnen, für die Geschäfte, Firmen, Bauern, dass die Hochbrücke ausfiel, die A7 weiträumig gesperrt war? Hatte denn niemand etwas gesehen, etwas bemerkt?
Und dann gestern der Zettel unter der Windschutzscheibe: „Die ‚Bambusbar' feiert Geburtstag. Morgen um 9 Uhr geht es los." Aufgemacht wie irgendein

Flyer, nicht sehr professionell, aber so, dass ein zufälliger Leser keinen Verdacht schöpfen konnte. Diese Bar mochte überall und nirgendwo sein. Oder es war eine Nachricht, nur für sie. Und das vermutete sie. Das Ganze sah nach ihrem Bruder Georg aus, ständig unterwegs, immer dort, wo demonstriert, protestiert, „gekämpft" wurde, wie er sagte. Wovon er lebte, wo, wie, mit wem, sie wusste es nicht. Irgendwann kamen immer solche Nachrichten, eine Verabredung, ein Treffen; sie mochte sich nicht vorstellen, dass es dieses Mal mit dem Anschlag zusammenhing. Aber sie befürchtete es, sie ahnte es. Sie war sich seit gestern sicher.

Als Kinder hatten sie mit den Eltern Jahr für Jahr auf Sylt Urlaub gemacht, herrliche Sand-, Strand-, Badewochen auf dem „Ellenbogen", ganz im Norden der Insel. Am Weststrand gab es die „Bambusbar", Kult für viele Urlauber. Ulrike vermutete, ihr Bruder wolle sich mit ihr heute dort treffen. So hatte sie Termine verlegt, einen dringenden Arzttermin vorgeschoben, kaum geschlafen, sich früh ins Auto gesetzt und los. Wegen der gesperrten A7 musste sie diesen Umweg fahren, und sie nicht allein. Der Verkehr hatte zugenommen. Sie quälte sich zwischen LKWs langsam vorwärts. Mozart hatte sie eingeschoben, gesungen von Christine Schäfer, „Nehmt meinen Dank, ihr holden Gönner", momentan zynisch, aber das gab es jetzt auch und es würde bleiben. Links und rechts Wiesen, Schafe, kleine Orte. Sie kannte die Strecke. Endlich der Hinweis: Autozug Sylt, Karte ziehen, weiter, und sie hatte Glück. Ein Zug wurde noch beladen, sie konnte gleich nach oben durchfahren: 8:20 Uhr.

Sie schaltete den Motor ab, machte die Musik aus und lehnte sich zurück. Was war das sonst für ein Gefühl gewesen, oben auf dem Zug zu stehen, das Fenster leicht geöffnet, über Lautsprecher die Begrüßung zu hören, diese immergleiche Stimme mit dem immergleichen Text, ja, die Handbremse war angezogen, nein, den ersten Gang legte sie nie ein, und dann endlich zu spüren, wie der Zug loszuckelte. Auch jetzt war da der Blick über die Felder bis zum Deich oder darüber hinaus, standen die Marschhöfe hinter windgebeugten Bäumen trotzig in der weiten Landschaft, öffnete sich der Blick noch einmal, wenn sich links und rechts vom Damm nur noch Wasser erstreckte. Aber da war nichts von Erleichterung, loslassen, eintauchen in Gezeitenrhythmus. Als Kind hatte sie mit Georg hinten gesessen und sie hatten Kassetten gehört, Pitje Puck, Momo, TKKG, Die drei ???, und über Watt und Wasser hinweg hatten sie den Horizont abgesucht, ob sie nicht schon Üthörn auf dem Ellenbogen sehen könnten. Jetzt ging es nicht mehr um die Suche nach einem Latein sprechenden Papageien, jetzt ging es darum, ob ihr Bruder dahinten auf sie wartete, etwas mit dem Anschlag zu tun hatte und zum Täter geworden war.

Endlich: Westerland. Sie startete, rollte hinter den anderen Fahrzeugen vom Zug, fädelte sich ein, musste noch einmal an der Ampel ein paar Phasen abwarten, bis es freier wurde, sie Westerland hinter sich ließ, an Wenningstedt vorbei durch Kampen fuhr und kurz vor List links zum Weststrand einbog. An der „Bambusbar" hielt sie. Auf dem Parkplatz wurden die ersten Autos entladen, Menschen machten sich mit Badesachen und Verpflegungskörben auf den Weg. Aber von Georg war nichts zu sehen. Sie fuhr weiter

zur Mautstation, bezahlte und da, als sie langsam wieder anfahren wollte, kam er auf sie zu geschlendert. Sonnenbrille, schlecht rasiert, weißes T-Shirt, Jeans, Turnschuhe. Eine dunkelblaue Windjacke hing über seiner linken Schulter. Sie hielt und er stieg ein. Sie zwang sich ruhig zu bleiben, nahm sich vor, ihn reden zu lassen. „Er bleibt dein Bruder."
„Schön, dass du gekommen bist, Ulrike. Meine Güte, wie lange wir uns nicht mehr gesehen haben. Lass uns an den Strand fahren, ich warte hier schon eine halbe Stunde", sagte er wie beiläufig.
„Hallo Georg", auf den Vorwurf ging sie nicht ein, „sag mir als Erstes, hast du was mit dem Anschlag zu tun?"
„Tja, die Sprengung der Hochbrücke, dolle Sache, nich?"
„Wie seid ihr bloß darauf gekommen?" Ihre Stimme klang jetzt doch gereizt.
„Wie wir darauf gekommen sind? Wir hatten damals unser Hauptquartier irgendwo auf dem Land." Georg ließ sich scheinbar nicht aus der Ruhe bringen. „Nach außen hin wenig einsehbar, rote Ziegel, verwittert, etwas brüchig, hohe Kastanien, pickende Hühner, Schwalben streifen ums Haus, Felder atmen Ruhe. Innen sehr solide, viel Technik. Geld hatten wir genug. Sponsoren. Wenn Adlige und reiche Bürger früher der Kirche Schenkungen gemacht haben, die Sache mit dem Kamel und dem Nadelöhr, weiß man's, dann gibt es heute auch genug, die die Apokalypse kommen sehen und sich spirituell absichern möchten, also investieren sie nebenbei ein wenig in den Widerstand, was man so im Allgemeinen wohl Ökoterrorismus nennt, ein Begriff, den das FBI geprägt hat, unserer Ansicht nach ein

Propagandabegriff, der nur vom täglichen, weltweiten, unverantwortlichen Handeln gegenüber dem Lebensraum Erde ablenken soll. Ja, wir werden unterstützt, nicht offen, aber es gibt Wege, auch wenn unser Name noch relativ unbekannt ist."
Sie fragte sich, ob er unter Drogen stand: „Felder atmen Ruhe", was sollte das? Aber sie bemühte sich, sachlich zu bleiben: „Wer ist ‚wir'?" fragte sie.
„Namenlose, noch Namenlose, aber genug, dass wir so was wuppen können, wie du siehst."
„Und eure Unterstützer ...?"
„Was das für Leute sind und wie sie selbst handeln, weiß ich's? Für Greenpeace spenden und in der Garage drei Autos stehen haben, das gibt es, natürlich ..., aber mit Geld befasse ich mich nicht. Jedenfalls, im März, irgendwann im März hatten wir eines Abends das Gefühl, alles sei schon x-mal gesagt worden. Der Vorschlag, die Rader Hochbrücke zu sprengen, lag schon lange auf dem Tisch. Einmal die A7: Wer Hamburg Richtung Norden nach Dänemark usw. verlässt, fährt normalerweise auf der A7. Dann der Kanal: ein Hin und Her von Containerschiffen, Kreuzfahrern, Yachten usw. Und die A7 überquert den Kanal bei Rendsburg. Die Hochbrücke ist also so etwas wie ein Verkehrsknotenpunkt des Nordens. Der Beschluss, die Brücke über den Kanal zu sprengen, fiel einstimmig. Die Arbeitsgruppen standen, Befehlsstrukturen, Beschaffung, Finanzierung, alles war klar. Wir brauchten mal wieder was Eigenes, Spektakuläres, Vorzeigbares. In der letzten Zeit hatten wir häufig verdeckt und im Bündnis mit anderen arbeiten müssen Die Sabotagegruppe war aus Berlin zurück, wo sie die Inbetriebnahme des neuen Flughafens verhindert hat, und die PR-Abteilung, die bei

Stuttgart 21, der Abstimmung zur dritten Startbahn in München, dem Nachtflugverbot in Frankfurt, der Verzögerung bei der Fehmarnbeltüberquerung oder -unterquerung, dem vorläufigen Stopp beim weiteren Ausbau der A20 relativ erfolgreich gearbeitet hatte, war hier nur am Rande gefragt. Geplanter Termin: 4. Juli, der Symbolik wegen. Man war ja nicht doof ..."

Ulrike war langsam losgefahren, beinahe im Schritttempo folgte sie dem geteerten Weg durch die Dünen. Nach ein paar Kurven merkte sie, dass sie nicht mehr konnte. Absurd hörte sich an, was und wie er es erzählte. Meinte er das alles ernst? Gab es eine solche Parallelwelt? Ertappte sie sich wieder einmal bei grenzenloser Naivität oder hörte sie einem Spinner zu? Sie musste aussteigen, brauchte Luft, Bewegung, sonst würde sie platzen. Sie fuhr auf den nächsten Parkplatz, schaltete ganz ruhig den Motor aus, zog den Schlüssel heraus, löste den Sicherheitsgurt, stieg aus, klappte die Tür zu, öffnete die hintere Tür auf ihrer Seite und nahm ihren Fotoapparat. Sie musste etwas in der Hand haben, etwas, das Alltag bedeutete.

Von weiter hinten hörte sie Stimmen: „Hast du die Sonnencreme?" „Sonnencreme? Hoffentlich regnet es nicht noch. Dahinten kommen Wolken."

Wussten die Menschen, auf welcher Wolke von Glück sie segelten? Da hörte sie Georg wieder, der auch ausgestiegen war und neben ihr durch den tiefen Sand die Düne hinauf stapfte. „Keine Fotos, Ulrike, bitte keine Fotos, jedenfalls nicht von mir. Dünen, Strand, Wasser, die paar Schritte zum Horizont, meinetwegen auch der Blick über den Königshafen nach Üthörn. Aber nicht mehr."

Sie hatten den Dünenrücken erreicht und sahen jetzt das Meer vor sich. „Sieh", rief Georg ganz begeistert, Ulrike mochte einen Moment glauben, wieder den kleinen Bruder neben sich zu haben, „sieh nur, wie sich die Seeschwalben ins Meer stürzen, um sich einen Fisch zu schnappen. Ich bewundere den Mut dieser Vögel. Es gibt immer weniger. Sie brüten am Strand. Auch dahinten am Königshafen ist eine Stelle. Aber durch die Erhöhung des Meeresspiegels werden ihre Brutplätze überspült und ... Ende. Seeschwalbe und Mensch, das Wasser steht beiden bis zum Hals."
Sie schwieg. Schließlich fuhr er fort: „Die Sprengung der Brücke, ja, Operation ‚Die große Stille'. Ich weiß, dass dein alter Pauker Demant mit Freunden da hineingerast ist, bitter, sehr, sehr bitter, wir haben das ja auch öffentlich bedauert. Grundsätzlich sollen keine Menschen zu Schaden kommen. Der Schutz menschlichen Lebens ist uns oberstes Gebot. Dafür kämpfen wir schließlich. Menschliches Leben in seiner edelsten Form soll noch in Jahrhunderten hier auf Erden möglich sein. Übrigens, möchtest du einen Em-eukal?"
Sie schüttelte den Kopf. Warum saßen sie nicht mehr hinten im Auto, vorn die Eltern, und hörten irgendeine Kassette. Spätestens jetzt hätte sie auf Stopp gedrückt, „Menschliches Leben in seiner edelsten Form!", wiederholte sie laut, „dass ich nicht lache."
„Als Ziel, Ulrike, als Ziel, denn du hast natürlich recht, heutzutage kann man da nur lachen." Georg hatte sie nicht verstanden. Sie ließ ihn aber weiterreden.
„Was für kleine Hände du immer noch hast, Ulrike. Komm, lass uns ein Stück gehen und Steine übers Wasser titschen lassen, wie früher. Ja, wenn man sich

die Menschen heute anguckt, kann man nur sagen: Experiment Mensch gescheitert. Hier, eine Plastikflasche; du schaust übers Wasser, sauber, bis zu der Linie, wo sich Himmel und Wasser treffen, klare Sicht, wie es immer war oder seit Jahrmillionen, wie schön, wie beruhigend; du weißt aber, dass in den Ozeanen riesige Mengen Plastik treiben, riesige Mengen. Und so ähnlich ist es doch mit der Zerstörung unseres Lebensraumes, der Erde. In vielen Teilen siehst du nichts, noch nicht. Die Jahreszeiten kommen und gehen, das Getreide wächst, Parks und Gärten schmücken die Städte; du siehst im Fernsehen vereinzelt Bilder von Katastrophen, liest von Warnungen einiger Wissenschaftler in der Zeitung, vielleicht sogar Szenarien der Apokalypse, das stört dich für den Moment, aber du verstehst im Grunde nicht, was das soll, alles ist doch so wie immer, fast alles, jedenfalls hier bei uns. Also stellst du deine Lebensweise nicht um, machst, was die meisten machen, die Mehrheit kann sich doch nicht irren, irgendwie wird es schon werden, es geht ja immer irgendwie weiter. Du fährst also ein großes Auto, fährst viel, fliegst in den Urlaub, bist immer unterwegs, kaufst dir was Schickes, andere wollen auch leben, machst jede Mode mit, findest es toll, was du mit dem Handy alles machen kannst, nennst es das normale Leben. Und auch die Politiker wollen das ja so. Du bekommst noch den Segen von oben. Harmonie zwischen Wählern und Gewählten, Volk und Führung. War es nicht auch so im Nationalsozialismus? Viele dachten national, waren sauer auf den Versailler Friedensvertrag, fanden es gut, dass Deutschland wieder stark wurde, aufrüstete, Österreich dazu kam, dass Ordnung herrschte, dass

man zusammenrückte, eine Volksgemeinschaft war, und die paar Warner, die es gab, die wurden ausgegrenzt, gingen oder wurden gegangen, das Ende kennen wir. Jetzt ist es doch ähnlich. Nur, jetzt geht es nicht mehr um totalitäre Systeme in Europa, jetzt geht es um mehr, viel mehr. Wir alle müssten ja viel schneller umdenken und umhandeln, viel schneller. Aber, weißt du noch, wie stolz Opa auf seinen ersten Käfer war, und dann alle zwei Jahre ein neues Auto, dann Passat, dann Golf, dann ... und wie schwierig es war, ihn davon zu überzeugen, dass er mit 85, schwerhörig und tadderig, vielleicht nicht mehr fahren sollte, zumal das Auto jedes Mal beim Fahren in die Garage eine neue Beule bekam. Er fühle sich amputiert, schrie er; und denk an Mama und Papa, wie die durch die Gegend gurken, zum Brötchenholen, zum Einkaufen. Und wie viele Kinder übernehmen das, ich will Spaß, ich will Spaß und Freiheit, Freiheit! Und das Klima und die Ressourcen? Hau weg den Scheiß, nach mir die Sintflut ..."
Ulrike hörte Fetzen, hätte einhaken können, aber sie ließ es, setzte einen Fuß vor den anderen, schaute übers Wasser, zählte die Fischerboote, klammerte sich an das, was doch so war wie immer. „Es gibt andere und es gibt anderes", warf sie schließlich ein.
„Ja, die anderen", sagte Georg, als habe er nur auf diesen Einwand gewartet, „die anderen machen uns das doch nach. In China sollen sogenannte Kuppelshows im Fernsehen zur besten Sendezeit der Hit sein. Am gefragtesten sind die Mitspieler, die mit einem großen Auto und einer großen Wohnung prahlen können. Gutes Aussehen, Charakter oder gar Bildung spielen keine Rolle. Eine Frau, die von einem interessierten Heiratswilligen gefragt wurde, ob sie

sich vorstellen könne, mit ihm Rad zu fahren, hat geantwortet: Lieber in einem BMW sitzen und heulen als auf einem Fahrrad lächeln."
„Übergangserscheinungen", sagte Ulrike, „in China ändert sich ganz viel. Das ist alles komplizierter."
„Erinnerst du dich an den Film ‚Burn', den wir zusammen gesehen haben?" Georg hörte ihr offenbar nicht zu. „Im ganzen Haus brennt es, doch niemand versucht, den Flammen zu entkommen. Ohne ersichtlichen Grund verharren die Bewohner in vollkommener Teilnahmslosigkeit. Das Feuer scheint ihnen nichts anzuhaben und es berührt sie auch nicht wirklich. Greift das Feuer doch einmal auf eine Person über, werden die Flammen beiläufig und ganz ruhig ausgeschlagen. Die Personen verteilen sogar noch Benzin, sodass sich die Flammen weiter ausbreiten können. Der Film hat weder Anfang noch Ende, eine Endlosschleife, ein Albtraum. Nichts wird erklärt, doch uns ist sofort klar gewesen, dass dies haargenau unsere Situation auf der Erde ist. Es brennt an vielen Stellen, aber wir tun nichts dagegen oder viel zu wenig bzw. machen alles nur noch schlimmer."
„Es brennt, ja", sagte Ulrike, „es brennt immer irgendwo, vor allem, wenn die Medien global berichten. Aber das Leben geht weiter. Auch im Film." Ulrike sah andere am Strand gehen und miteinander sprechen, wie sie und Georg es taten, und sie erinnerte sich, dass sie früher immer geglaubt hatte, Menschen, die am Strand gingen, den Himmel über sich, die Brandung neben sich, in dieser Weite, in diesem Wind, diese Menschen müssten ganz tiefe und ganz reine Gespräche führen. Hier könne man gar

nicht anders als wahr reden. Wie hatte sie sich getäuscht!

„Es wird nicht weitergehen, Ulrike. Ich will keine Kinder. Der Wille zur Fortpflanzung ist mir abhanden gekommen", hörte sie Georg.

Ulrike konnte nicht umhin einzuwerfen: „Das hängt nicht nur von dir ab, Georg." Aber er hörte nicht zu und fuhr fort: „Irgendwo habe ich gelesen, dass 43 Tonnen Sperma pro Stunde von einem Teil der Menschheit in einen anderen Teil befördert werden. Wenn du dir das einmal vorstellst, in aller Massen- und Ekelhaftigkeit einschließlich der Folgen vorstellst, dann machst du doch daran nicht mittun, oder ...? Die Fruchtbarkeit des Menschen ‚ist die Flut, in der das Leben ertrinkt'." Er bückte sich, hob einen besonders flachen Stein auf, begutachtete ihn noch einmal und ließ ihn dann übers Wasser gleiten. „Sieben, acht, neun", rief er und lachte, bevor er weiter sprach: „Bist du noch als freie Mitarbeiterin bei der ‚Umschau'? Interview mit dem OB, Ausstellungseröffnung, Konzert ..., Computer hochfahren, Fotos einlesen, schreiben, Zeilenzahl beachten, Konferenz, Themenverteilung, und abends singst du im Chor ...?"

Ulrike sah Menschen baden, in der Sonne liegen, mit dem Ball spielen, Kinder im Sand schaufeln, alles wie immer und doch war nichts wie immer. Sie schwieg.

„Du schreibst. Du hast immer geschrieben und gelesen. Ich weiß noch, wie du als kleines Mädchen in der Holstenstraße nach oben zum Laufband der ‚Kieler Nachrichten' gesehen und versucht hast, die vorbeieilenden Worte laut mitzulesen. So hast du lesen gelernt. Solche Sätze wolltest du auch einmal schreiben. So bist du Journalistin geworden. Das Laufband gibt es nicht mehr. Wie lange wird es die

Zeitung noch geben? Wie lange wird es noch Menschen geben, die sich in Ruhe mit einem Artikel auseinandersetzen können, der geistige Arbeit von ihnen verlangt? In dem es um mehr geht als ein Foto mit Erklärung: X überreicht Y, Z besiegte was weiß ich. In dem nicht unnötig dramatisiert oder personalisiert wird, während das wirklich Wichtige auf Seite 20 beiläufig erwähnt wird. Vor kurzem sah ich als Aufmacher einen Hinweis auf ‚Tatort', später ‚Wetten, dass..?', als ob das zurzeit die bedeutenden Themen sind."

„Weißt du, Georg", sagte Ulrike so ruhig wie möglich, „ich glaube, ihr solltet euch in der Gruppe auch mal mit anderen Themen beschäftigen als dem Weltuntergang oder dem Ende der Menschheit. Vielleicht ist es so, wenn man nur immer unter sich die gleichen, beschränkten Informationen kreisen lässt, dass man dann den Bezug zur Wirklichkeit verliert."

„Ja, Ulrike, ich glaube dir, dass du das zu beschreiben versuchst, was passiert ist, was ist, was du für deine Wirklichkeit hältst. Du sagtest einmal, dass du auf der Journalistenschule den Dozenten gefragt hättest, wie man einen Kommentar schreibt. Das könntest du nicht. Er war empört, hat dich dem allgemeinen Gelächter preisgegeben. Ich habe dich verstanden. Was soll man schreiben, ohne zu riskieren, dass es nicht mehr gedruckt wird. Ich kommentiere auf meine Weise: Widerstand, Zeichen setzen, Sabotage des Systems, wenn nichts mehr hilft: Gewalt. Hier oben, hier geht's, hier ahnst du, was einmal Millionen von Jahren da war: Geräusche von Wind und Wasser, Möwengeschrei, ansonsten: Stille. Die Evolution oder Gott oder nenn es, wie du willst, hat dem Menschen

eine Chance gegeben. ‚Sie wurde vertan'. Wir haben die Stille aus der Welt vertrieben und damit das Denken, die Sprache, das Gespräch, die Demut. ‚Wer sich im Lärm aufhält, versteht nichts mehr'. ‚Mit der Stille geht auch die Vernunft'. ‚Je dümmer jemand ist, desto mehr Lärm' macht er. Wir diskutieren, streiten, argumentieren zu wenig, und wenn, dann meist nicht über das Notwendige. Wären wir ruhiger, würden wir besser zuhören und mehr Rücksicht nehmen auf den anderen wie auf die Natur."
Ulrike lachte: „Beschreibst du gerade eure Gruppe?" Sie blieb stehen, schloss die Augen und hielt das Gesicht in die Sonne. Wie schön konnte das Leben sein. Wie schön war es gewesen, und sie hatte es nicht zu schätzen gewusst. Sie hatte im Paradies gelebt, ahnungslos.
Hoch oben zog ein Drachen knarrend seine Kreise.
„Hör", schrie Georg, „‚Jeder versucht jeden mit Krach zuzukoten'. Warum wohl soll es in Bibliotheken, Universitätsseminaren, Schulen usw. ruhig sein, weil Denken mit Verstehen und Verstehen mit Stille zusammenhängt. Geh in die Städte, die Häuser, die Kinderzimmer, stell dich auf Bahnhöfe und Flughäfen, horch an den Straßen, und du hörst den ‚Kriegslärm der modernen Zivilisation'. ‚Wer die Stille tötet, ist ein Mörder'. Wir fliehen in Konsumwelten, reisen um die Welt und lassen noch die letzten ruhigen Plätze in den Klangfluten untergehen. Wie froh wären die meisten, wenn jetzt in Griechenland, Spanien, Portugal genug Geld da wäre, dass die Menschen wieder Autos und anderen Glitzerkram kaufen könnten. Wir schreien nach Wirtschaftswachstum und bedenken nicht, dass das die Katastrophe nur beschleunigt. ‚Als Menschen haben

wir versagt'. Wenn du das Radio anstellst, hörst du überall Musik, ‚als wolle man die Hörer mit der pausenlosen Musik ruhigstellen wie die Insassen einer geschlossenen Anstalt'. Auch deshalb die Anschläge. Wer ‚sich dem Lärm widersetzt, handelt in Notwehr'."

„Hast du das auswendig gelernt?" fragte Ulrike, und nach einem dahingeworfenen „Blödsinn" von Georg fuhr sie fort: „Ihr werdet nichts bewirken in dem Sinne, wie ihr es beabsichtigt. Ihr zerstört Menschenleben und Sachwerte. Ihr seid nichts als Verbrecher, Mörder. Meinst du, dass die RAF damals irgendetwas Positives bewirkt hat? Ich kenne die Menschen um dich herum nicht. Aber ich habe ein wenig Einblick in dein Leben. Du fängst immer nur Dinge an, erträumst dir große Ziele, und wenn du dann merkst, wie mühselig schon der erste Schritt ist, gibst du auf. Wie begeistert warst du von der Vereinigung der beiden deutschen Staaten und der Aufbruchsstimmung in Europa und der Welt. Für unsere Verfassung wolltest du einstehen, kämpfen, also gleich nach dem Abitur zur Bundeswehr und nach 9/11 unbedingt nach Afghanistan. Du hattest geglaubt, dass ihr dort mit Blumen empfangen, als Superhelden gefeiert werdet. Als dann aber der Alltag anders war, Rückschläge kamen, die Gefahren deutlich wurden, vielleicht sogar die Fragwürdigkeit des Einsatzes, machtest du Schluss. Raus aus der Bundeswehr. Dann das Studium, Philosophie. Jetzt sollte es um die letzte Wahrheit gehen. Wonach Philosophen seit 2500 Jahren suchen, Georg Beuysen würde es finden, mal so eben, wär doch gelacht. Und wieder: Nach ein, zwei Semestern, als du merktest, wie schwierig es war, allein zu verstehen, was bisher

gedacht worden ist, Schluss. Dann Landwirtschaft. Du hast das biobäuerliche Leben gelobt als die Krone dessen, wozu Menschen auf Erden fähig sein konnten. Aber: Jeden Morgen früh aufstehen, für die Tiere sorgen, auch wenn es nass und kalt ist, wenn dir der Rücken weh tut, die Knochen rebellieren, nein, das dann doch nicht. Und jetzt: Terror, Bomben. Die Menschen in Angst und Schrecken versetzen und meinen, sie damit retten zu können, denn man kennt ja die Wahrheit. Georg Beuysen, der Heilsbringer, der Erlöser! Ein elender Terrorist und Mörder bist du, nichts weiter."
Georg sagte eine Zeit lang nichts, suchte den Dünenrand ab, schaute auf den Boden, hob schließlich einen Stein auf und sah ihn prüfend an. Ulrike sah auch so, dass es kein Bernstein war.
„Ich kenne deine Argumente, Ulrike", sagte er schließlich. „Glaub mir, ich bin kein Terrorist. ‚Wer Lärm erzeugt, verbreitet Terror'. Wir haben ja noch ein paar Zeitungen, in denen Menschen schreiben, die hören und sehen können. Wenn du dir diese Zeitungen nur mal von einem Tag, einem x-beliebigen Tag, von A bis Z durchliest, packt dich da nicht das nackte Grauen angesichts dessen, was Menschen Menschen, Tieren, der Natur ... antun? Wie widersinnig, was für eine Wahnsinnsverzweiflungskacke jeden Tag."
„Die Zeitungen vom 5. Juli waren, was die Nachrichtenlage anging, besonders grauenvoll", sagte Ulrike, „und dafür warst auch du verantwortlich, du." Und nach einer kurzen Pause fügte sie hinzu: „Wenn du noch einen Hauch Menschlichkeit in dir hättest, würdest du mit mir kommen, dich der Polizei stellen und die Hintergründe aufklären. Das wäre das erste Sinnvolle, was du in deinem Leben getan hättest."

„Ulrike, ich sage nicht, dass das, was ich tue, das einzig Wahre ist. Ich will nur nicht mehr mitmachen. Wir Deutschen haben Erfahrung im Mitmachen. Wo das endete, weißt du. Heute ist das ein anderes Mitmachen. Nicht die paar Nazis bedrohen uns, die sind ekelhaft und schlimm. Uns bedroht, dass wir im pausenlosen Lärm von Musik und Informationen, in der Flut von Waren und Bildern nicht mehr wahrnehmen, welche Folgen unser Tun hat. Wir plündern die Schätze dieser Erde, nur um mit dem Auto zum Bäcker fahren zu können und dort mit dem Handy zu Hause anzurufen und zu fragen, ob man nun vier oder fünf Brötchen mitbringen soll. Und wenn du dir eine Ahnung bewahrt hast von dem, was einmal an Pflanzen und Tieren und wenigen Menschen auf dieser Erde war, was möglich gewesen wäre, hätte es auf den Gebieten der Moral und des Geistes eine ebensolche Entwicklung gegeben wie anderswo, und wenn du dir klarmachst, wie karg und kümmerlich, wie leer und öde letztlich alle Bilder aus dem All bisher geblieben sind, wenn du also verstehst, wie vielleicht einzigartig dieser Reichtum auf Erden gewesen ist, nein, unwiederbringlich dahin ist, dann kannst du doch nur noch ..."

Wie sinnlos jedes weitere Wort war. Warum war er nicht selbst endlich still. Woher hatte er nur all das Zeug und woher dieser Tonfall. Ulrike schwieg.

„Und warum ist alles schiefgegangen?" Georg setzte wieder ein: „Gier, Machtstreben, Geltungssucht, Bequemlichkeit, Eitelkeit, Wollust ... oder fass es in einem Wort zusammen, nenn es Mensch ..., ‚der Mensch ist eine Naturkatastrophe'".

Ulrike hörte nicht mehr zu. Sie waren an der Treppe angekommen, die zum Parkplatz führte, und stiegen

nach oben. Dort blickte sie noch einmal zurück übers Meer. Es lag genauso weit und wunderbar vor ihr wie eh und je. Dann nahmen sie den kürzesten Weg durch die Dünen zum Auto. Alles war gesagt. Ulrike fühlte sich leer und traurig. Wie weiter, sie wusste es nicht.
Als sie einsteigen wollte, hielt er sie noch einen Augenblick zurück: „Übrigens, meide in den Wintermonaten Flughäfen und versuche mal, in deinen Artikeln unsere Motive ein bisschen deutlicher zu machen. Es geht in den Medien immer nur um die Tat, nie um das, was dahintersteckt. Willst du für die Fahrt einen Em-eukal? Nein? Besorg mir wieder ein paar Medikamente, das Übliche, du weißt schon. Ich melde mich."
Ulrike hob die Hand, ein Zeichen für nichts und alles, sie wusste es selbst nicht, und fuhr gleich zurück. Auf dem Autozug hatte sie für Momente das Gefühl der Erleichterung, das sie ganz früher einmal, wie lange war das her, auf dem Hinweg gehabt hatte. Wie schön, eine Last hinter sich lassen zu können. Abstand zu gewinnen. Aber es waren nur Momente. In Husum machte sie Halt. Im Schlosscafé trank sie einen Tee und aß ein Stück Mohnkuchen, beobachtete Menschen, sehnte sich nach einem, mit dem sie all dies hätte bereden können, kannte aber niemanden. So saß sie lange leer und unentschlossen da, bis es zu regnen anfing. Sie bezahlte und fuhr nach Hause. Morgen volles Programm.

VII

Booker hatte die Bilder am Abend des 5. Juli in der „Tagesschau" gesehen. Der Sprecher berichtete von der Zerstörung der Brücke, Aufnahmen vom Tage dienten als Beweis. Es folgte ein Film, den der Sender nach Aussage des Sprechers vor einer Stunde bekommen habe. Booker sah eine ruhige nächtliche Szene: Mondlicht, das sich im Kanal spiegelt, schemenhaft Böschung, Uferbefestigung, Signallampen, die Brücke, Lichtstreifen von Autos, dazu ruhige Musik, kurz eingeblendet „Träumerei" von Schumann aus „Kinderszenen" op. 15, dann offenbar die Sprengung des mittleren Brückenteils, stürzende Teile, die im Wasser aufschlagen, ein Auto schießt über den Rand, hilflos herumirrendes Scheinwerferlicht, hier und da ragt etwas aus dem Wasser, die Wasseroberfläche beruhigt sich wieder, eingeblendet: „Tand, Tand, ist das Gebilde von Menschenhand!" Ende. Es folgten Interviews.

Booker stand auf und ging. Sein Vater war bei einem Meeting mit Abteilungsleitern der Firma. Er legte einen Zettel auf den Küchentisch, „Bin bei Maja", schloss die Wohnungstür und lief durch den kleinen Park zwischen den Kastanien an der Schwale entlang. In einer Ecke hatten einige Alkis unter einer Parkbank aus Stahl ein Feuer gemacht und grillten jetzt dort. Er wurde die Bilder nicht los. Das stürzende Auto. Er stellte sich Demant und die anderen in dem Auto vor. Was mochte in ihnen vorgegangen sein. Wie konnte man eine solch schöne Musik so missbrauchen! Er überquerte den städtischen Ring und bog in die Klosterstraße ein. Alles sah nach friedlichem

Sommerabend aus, als ob nichts geschehen wäre. Aus einem Garten kam fröhliches Kindergeschrei, woanders wurden Büsche gestutzt und ein Auto gewienert. Mit seinem Vater konnte er nicht darüber sprechen. Er würde es müssen, weil der es verlangte, obwohl alles so überflüssig war, denn Booker wusste genau, was der sagen würde: menschenverachtender Terrorismus, 9/11, jetzt 7/4, hoffentlich stärkeres Engagement der Deutschen, Partnerschaft USA Deutschland, Härte zeigen, weltweiter Krieg, die Opfer zu bedauern, aber ... Auf dieses „Aber" hätte Booker wetten mögen, denn sein Vater mochte Demant nicht besonders: zu viel alte Literatur von Gescheiterten, Kranken, Selbstmördern, Geschichte der USA zu einseitig kritisch, Lehrer von vorgestern: ohne Auto, Fernseher, Internet ... und Wirtschaft sollten Lehrer grundsätzlich nicht unterrichten, weil sie davon als beamtete Theoretiker nichts verstehen konnten usw.

Majas Mutter öffnete ihm die Tür. „Komm rein, Booker, Maja hat Mädchenabend, aber leiste mir beim Abendbrot Gesellschaft." Warum hatte er nicht daran gedacht? Natürlich. Sonntagabend. „Setz dich. Möchtest du auch etwas?" Booker bat um Kaffee. „Haben Sie die Bilder vom Einsturz der Brücke gesehen?" fragte er. „Ja, hab ich" sagte sie und stellte die Kaffeemaschine an, „furchtbar. Maja hat mir erzählt, dass du viel von Demant gehalten hast. Bitter, gerade pensioniert, genießt den Ruhestand. Wahrscheinlich tausend Ideen und Pläne und dann das, Opfer eines Terroranschlags, rast mit Freunden in die Sprengung einer Brücke hinein!"

Er war oft bei Maja und kannte die Wohnung. Von der Küche aus, in der sie saßen, konnte man in den Garten sehen, der mit einer hohen Buchenhecke nach allen drei Seiten hin schloss. Ihre Mutter war Personalchefin in dem Konzern, in dem auch sein Vater arbeitete, Director of Human Resources, oft lange in der Firma oder mit dem Flugzeug unterwegs, Anfang 40, langes Haar, schlank, sportlich, mit traumhaft fließenden Bewegungen. Wenn sie ging, begriff Booker, was ein aufrechter Gang war, wie schön gehen sein konnte. Maja und diese Frau hatten Ähnlichkeit, ja, aber Maja hatte immer noch etwas Tapsiges, fast Kindliches, blaue Augen, Sommersprossen, schminkte sich nicht, färbte das Haar nicht, trug am liebsten Jeans und große Pullover, unter denen ihr großer Busen verschwand, und verkaufte ab und zu im Hofladen eines Biobauern Obst und Gemüse, hatte Erde unter den Fingernägeln und roch nach Land, mal Apfel, mal Kartoffel, mal Mist.

Als Booker sie kennenlernte, war Erdbeerzeit.

„Was erinnerst du, wenn du an ihn denkst ...?" fragte sie ihn.
„Seine alte Tasche, die er zu Beginn der Stunde auf den Tisch stellte. Man konnte mit ihm reden, und er hatte etwas zu sagen, obwohl für ihn behielt die Literatur immer das erste und das letzte Wort, falsch, obwohl für ihn immer die Literatur das erste und das letzte Wort behielt." Booker betonte „behielt". „Endstellung des finiten Verbs im Nebensatz", sagte Booker, „da kannte er kein Pardon." Sie stellte ihren Teller in die Spülmaschine und schenkte sich Weißwein nach. „Dann die Tatortmelodie, wenn es

spannend sein sollte, oder Sprüche wie ‚Der Anfang ist die Hälfte des Ganzen' oder ‚solidarisieren, mitmarschieren ..."', sagte er.

„Ach, die 68er-Sprüche" sagte sie, „kenn ich, ich bin ein 68er Jahrgang. Meine Eltern gehörten dazu, sind dann Richter bzw. Lehrerin geworden, getreu dem Motto, Veränderung der Gesellschaft nicht durch Revolte, Revolution, sondern den Marsch durch die Institutionen. Himmel, na ja, ich glaub, mein Vater war ein ganz liberaler Richter und sein revolutionärer Gestus von damals hat sich mittlerweile darin erschöpft, seit 50 Jahren Spiegel-Abonnent zu sein; aber meine Mutter wurde im Beruf immer strenger, unheimlich autoritär, auch mir gegenüber. Sie hatte Großes mit mir vor und die Krise kam, als ich meinen eigenen Weg ging und nach dem Abi Tänzerin werden wollte. Ballettunterricht hatte sie noch gut gefunden, Körperbeherrschung, Haltung, Disziplin, aber dann ... Ich besuchte Ende der 80er eine internationale Tanzschule in den Niederlanden, Wendezeit, Euphorie, eine tolle Zeit, bis mir klar wurde, wenn ich nicht zu den Besten gehören könnte, würde es schwer werden. Und ich wäre nicht an die Spitze gekommen, es gab Bessere, Kreativere. Du kannst aus deinem Körper nicht etwas Beliebiges machen. Danach Personalmanagement, Stärken erkennen usw., aber damals ...", sie sah in den Garten und schwieg. Sie stand auf, goss den dampfenden Kaffee in einen Becher und stellte ihn Booker hin.

Er erinnerte sich, sie das erste Mal im Winter gesehen zu haben. Sie war zu einem Treffen mit seinem Vater zu ihnen in die Marienstraße gekommen und hatte ihm zuvor ein Buch von Maja gegeben. Sie hatte sich sein

Zimmer, die Bibliothek, angesehen und beide hatten dann am Fenster gestanden, während der Schnee in den Garten fiel und der Skulptur vor den dunklen, hohen Eiben eine weiße Decke umzulegen begann. Sie hatte ihn erstaunt; nicht so sehr, weil sie in der Skulptur eine Kopie der Aphrodite von Melos erkannt, sondern weil sie hinzugefügt hatte, sie glaube, das Geheimnis der Wirkung dieser Figur zu kennen. Aphrodite verkörpere hier, sagte sie damals in die Stille hinein, die Quelle des Lebens. Die Partie knapp unterhalb des Bauchnabels, die bei der Aphrodite von Melos besonders stark sei, sei in der chinesischen Philosophie das Zentrum des Körpers, das Dan Tian, die Quelle des Chi, der Lebensenergie. Das fühle man als Betrachter, denke sie sich so, und dann hatte sie noch wie beiläufig hinzugefügt: „Was für ein Bild: Aphrodite vor dem Totenbaum."

Booker gehörte nicht zu denen, die Stille nicht ertragen konnten.

Er schwieg und überließ sie ihren Gedanken. Es tat ihm gut, hier zu sitzen und die Anwesenheit dieser Frau zu spüren. Nur jetzt nicht allein sein. Wie im Winter nahm er den Zitrusduft ihres Parfüms wahr, diesmal nur ganz schwach; damals hing der Duft noch nach Tagen in seinem Zimmer. Obwohl es dunkel wurde und die weiß-blauen Farben der Küche verblassten, dachte sie offenbar nicht daran, Licht zu machen, trank schließlich etwas Wein und sagte dann: „Meine Eltern leben in Süddeutschland, meine Mutter und ich haben kaum Kontakt mehr ..., entschuldige, Maja hat mir erzählt, dass deine Mutter nicht mehr lebt. Was ist passiert?"

„Sie ist tödlich verunglückt, als ich fünf Jahre alt war", sagte er. „Ich habe keine Erinnerung, keine Bewegung, keine Stimme, kein Erlebnis, nur ein Foto, das mein Vater mir gegeben hat. Eine schöne, stolze Dakota, Ini Naon Win, Schweigende Frau, eine Heilerin soll sie gewesen sein. Mein Vater lernte sie kennen, als er die Ölförderung auf dem Gebiet der Sioux leitete. Er sagt, sie sei etwas Besonderes für ihn gewesen. Nach ihrem Tod hat er mich zu sich genommen und kurz darauf ging es nach Deutschland." Booker stockte, ihm wurde bewusst, dass er vom Alter her seiner Mutter auf dem Foto immer näher kam, wie anders hätte sein Leben verlaufen können, wie vermisste er sie. Er trank einen Schluck Kaffee.

Die beiden sprachen noch miteinander, langsam und mit vielen Pausen zwischendurch. Sie achteten auf die Worte des anderen und nicht auf die Dunkelheit, die sich im Zimmer ausbreitete. Booker kam auf den Anschlag zurück und sprach auch vom Tod. Er nehme an, sagte er, dass die Seele des Menschen mit dem Sterben wieder in die Natur eingehe, dass die Toten solange um uns seien, wie wir an sie denken, dass er schon häufiger das Gefühl gehabt habe, die Seele seiner Mutter sei ihm nah, und er wisse dann nicht, ob *er* zuerst an *sie* oder *sie* zuerst an *ihn* gedacht habe. Ja, er spreche dann zu ihr, und wenngleich er keine genaue Erinnerung an sie habe, bekomme er zumindest in diesen Augenblicken das Gefühl, von ihr sehr geliebt worden zu sein.
In der Stille, die jetzt folgte, wurde ihm bewusst, dass sie mittlerweile im Dunkeln saßen, und er sagte, es sei spät, er müsse nun gehen. Er trank den Rest Kaffee.

Doch, sei es aus Nachlässigkeit oder in beiderseitigem stillen Einverständnis, niemand machte Licht, sodass sie sich zur Tür tasteten. Als Booker sich im Türrahmen umdrehte, um sich zu verabschieden, umarmte sie ihn kurz und drückte ihn an sich.

Er bildete sich nicht ein, die Frauen zu kennen.

So verstand er dies als Trost und ging in Richtung des Rings, von dem aus er spärlichen Verkehr hörte. Für einen Moment meinte er, seitab Majas Gesicht gesehen zu haben.
Zu Hause nahm er sich Demants politisches Tagebuch vor. Seit 1985 hatte er Zeitungsausschnitte, Fotos, Texte dort hineingeklebt, manchmal auch selbst etwas geschrieben oder zitiert. 58 pralle Hefte. Was für Arbeit, das alles auszuschneiden und einzukleben, und wofür, für wen? Jetzt hatte er selbst nicht mal mehr etwas davon. Demant hätte im Unterricht jetzt Werther zitiert: „Es ist ein merkwürdig Ding um das Menschengeschlecht." Wusste jemand, dass Booker die Hefte hatte? Wem sollte er sie geben? Vielleicht ergab sich das auf der Beerdigung. Das Letzte waren Buchbesprechungen zu Rousseaus 300. Geburtstag, „Träumereien eines einsamen Spaziergängers", 1776 begonnen, Booker hatte noch nie etwas davon gehört. Er las: „Erst jetzt, allein und ohne Freunde, nur seiner eigenen Gesellschaft in einer Natur überlassen, mit der er sich im Einklang fühlte, war er wirklich frei." Booker musste an Crazy Horse denken, von dem es hieß, man hätte ihn nackt in der Prärie aussetzen können, er hätte sich zurechtgefunden, oder an eigene Tagträume, allein den Yukon hinaufziehen, immer am Fluss, am Wasser entlang, durch Unterholz, auf

ausgetretenen Pfaden, Spuren von Bären, Wölfen, nachts am Feuer liegen, herausfinden, wer man denn war.

Als Kind hatte er „Ruf der Wildnis" gelesen.

VIII

Es war müder, grauer Freitagnachmittag, als Booker und Maja über den Schulhof zur Aula gingen, wo es eine Veranstaltung zum Terroranschlag Rader Hochbrücke geben sollte. Wochenendstimmung. Campusatmosphäre. Die alten Eichen noch in vollem Grün, während sich die Neuanpflanzungen vor dem Kunsttrakt schon färbten. In den Info-Kästen ein Angebot von einem Lehrer für kostenlose Mathe-Nachhilfe für Oberstufenschüler, Hinweise auf ein Casting: Weihnachtszeit-Geborgenheit, singen tanzen, spielen und ein Aufruf, die Schule in Daniel-Düsentrieb-Gymnasium umzubenennen. Die Schule gewinne seit Jahren den Wettbewerb gleichen Namens, das Motto „Dem Ingeniör ist nichts zu schwör" mache Mut, Düsentrieb habe etwas Dynamisches, mit seinem Homunculus Helferlein zugleich etwas Faustisches, Erfinder- und Entdeckergeist passten in die Zeit, betonten das naturwissenschaftliche Profil und mit Comics passe man sich dem Lesevermögen vieler Grundschüler an usw. Durch die Fenster sah man hochgestellte Stühle und einige herunterhängende Gardinen. Krähen stöberten nach Brotresten. Zwei Mädchen spielten mit einem Tennisball Tischtennis, auf dem Sportplatz bolzten Sechstklässler, die, als sie Booker sahen, in ein wildes Kriegsgeheul ausbrachen, was er sofort erwiderte. Er war Pate dieser Klasse und die Kinder, die um seine indianische Mutter wussten, hatten ihn zu ihrem Häuptling ernannt.

Am Himmel Zugvögel.

Der Vertreter der Schule dankte für das Angebot der Anwesenden, zu diesem Thema etwas zu sagen, und entschuldigte die vielen leeren Reihen mit dem Wochenende und bei vielen einem Berg von Arbeit. Kommissar Kolum fasste noch einmal zusammen, was passiert war, und gab einen Einblick in die Ermittlungsarbeit. Man war natürlich dem Film, der Musik, dem Fontane-Zitat nachgegangen, auch dem Datum; Musik- und Literaturwissenschaftler, auch einen Historiker habe man hinzugezogen, mögliche Täterprofile erstellt. Am interessantesten aber schien die Tatsache zu sein, dass die Täter THW-Uniformen und -Fahrzeuge benutzt hatten. Da habe man schon etliche Hinweise erhalten, denen man nachgehe. Es gab Fragen zur Zusammensetzung der Fahndungskommission, zur Arbeit der Polizei. Kolum musste kurz vor der Pensionierung stehen, graues Gesicht, wenig Haar, unauffälliges Jackett, helle Hose, für Booker ein Mann, an dem der Blick auf der Straße nicht hängen blieb. Einige Schüler schienen sich für die Polizeilaufbahn zu interessieren und waren ganz aufgeregt. Der Kommissar entschuldigte sich, habe noch einen Termin, wenig Zeit, er müsse wieder an die Arbeit, man dankte, er ging.
Es folgte ein Vortrag der „Umschau"-Journalistin und ehemaligen Schülerin Ulrike Beuysen, die sich offenbar mit dem Thema Ökoterrorismus schon länger beschäftigte. Etwas verloren wirkte sie auf der Bühne, eine kleine schmächtige Gestalt, dunkles, halblang geschnittenes Haar, anthrazitfarbenes Kostüm mit heller Bluse. Booker merkte sofort, dass da jemand aus dem Herzen sprach, jemand, der warnen, ja, retten wollte. Max Demant war der Aufhänger. Es folgten Angaben zur ökologischen Situation auf der Erde,

Rettungsversuche vom „Stummen Frühling" bis heute und Definitionen des Begriffs Ökoterrorismus. Ausführlich ging sie auf das Leben Paul Watsons ein, 1950 in Toronto, Kanada, geboren, der sich als Kind mit einer Biberfamilie angefreundet hatte und geschockt war, als Jäger einen seiner Biber töteten. Schon mit neun Jahren zerstörte er Fallen, behinderte Jäger bei der Hirsch- und Entenjagd und versuchte andere Jungen davon abzuhalten, auf Vögel zu schießen. Mit 18 bei der kanadischen Küstenwache, dann bei einer Friedensgruppe, die einen US-Atombombentest vor der Aleuteninsel Amchitka verhindern wollte, gehörte er mit der Mitgliedsnummer 007 schließlich bei Greenpeace zu den Ersten, die ihr Leben für den Schutz der Wale einsetzten. Mit anderen versuchte er in einem Schlauchboot zwischen Pottwale und ein sowjetisches Walfangboot zu kommen. Sie konnten das Leben der Wale nicht retten, aber der sekundenlange Blick in das Auge eines sterbenden Wals machte ihn von da an nicht nur zum Beschützer von Walen, sondern aller Geschöpfe der Meere.

Booker dachte an Zeiten, als Moby Dick noch mächtig war.

Zu diesem Zweck verließ er Greenpeace, das ihm zu harmlos schien, und gründete 1977 die „Sea Shepherd Conservation Society". Immer bemüht, kein Menschenleben zu verletzen, rammte er Walfangboote oder bewarf sie mit Stinkbomben, um den Fang ungenießbar zu machen, oder ließ Taue in Schrauben wickeln. In letzter Zeit richteten sich seine Aktionen vor allem gegen das „Shark Finning", dabei werden

den gefangenen Haien die Flossen, die als teure Delikatesse in Asien gelten, abgetrennt und die meist noch lebenden Haie verstümmelt zurück ins Meer geworfen, wo sie in die Tiefe sinken und ersticken. Es gebe Schätzungen, wonach jährlich bis zu 73 Millionen Haie auf diese Weise umkommen, jede dritte Hochsee-Haifischart vom Aussterben bedroht ist. Watson berufe sich auf die „World Charter for Nature" der UN aus dem Jahr 1982, fühle sich im Recht, werde aber aufgrund von Festnahmebegehren aus Costa Rica und Japan international gesucht. Er plädiere u. a. für eine Weltbevölkerung von ca. 1 Milliarde Menschen, die in Städten mit nicht mehr als 20 000 Einwohnern, durch weiträumige Wildgebiete voneinander getrennt, leben sollten, für erneuerbare Energien, Segelschiffe und eine möglichst vegetarische Ernährung. Kinder dürften nur die haben, die verantwortlich mit der Natur und ihren Geschöpfen umgingen. Der menschliche Virus, so Watson, bedrohe die Biosphäre und könne nur mit radikalen Methoden bekämpft werden.
Die Journalistin versuchte noch ein paar allgemeine Angaben zu der Gruppe zu machen, die wohl hinter dem Anschlag auf die Rader Hochbrücke stehe, verhaspelte sich dabei aber immer wieder, wirkte unsicher, sprach von Menschen, die vielleicht auch ihre Ideale hätten oder gehabt hätten, sie glaube sogar, gerade diese seien anfällig. Sie schien hin- und hergerissen, deutete das Leben eines Menschen an, der in der Bundeswehr gewesen sei, um die Grundlagen und die Verfassung dieses Landes zu verteidigen, zu Beginn des Afghanistan-Einsatzes zu zweifeln und ein Philosophiestudium begonnen habe, enttäuscht dieses bald abgebrochen und in den

ökologischen Landbau, schließlich in den Untergrund gegangen sei. Ob dies nur ein möglicher oder wirklicher Lebenslauf war, wurde Booker nicht klar. Sie wollte offenbar vor allem warnen vor zu viel Idealismus, vor zu hohen Erwartungen an das Leben und die Rettung der Umwelt, aber natürlich auch nicht dazu aufrufen, alles zu akzeptieren, verwies auf politische Parteien und NGOs. Ihr Vortrag franste aus und Booker verlor den Faden und war sowieso abgelenkt, als er nämlich merkte, dass Maja heute keine Erde unter den Fingernägeln hatte und nicht nach Pflaumen oder Äpfeln roch, sondern nach Zitrone. Maja hatte offenbar den Duft ihrer Mutter aufgelegt. Was war mit Maja los? Was bedeutete das? Hatte Maja einen Freund?

Der Vortrag war zu Ende. Fragen konnten auch hier gestellt werden, und Maja fragte, wie sich Paul Watson denn konkret einen Umbau der Welt vorstelle, ob man die seiner Ansicht nach überzähligen sechs Milliarden Menschen einfach mal so erschießen sollte. Ulrike Beuysen musste passen, meinte aber, man sollte Watson ernst nehmen, das „Time Magazine" habe ihn zusammen mit Robert Hunter im Jahr 2000 zum „Helden des zwanzigsten Jahrhunderts" ernannt, die britische Zeitung „The Independent" zähle Watson zu den zehn wichtigsten Öko-Kriegern und „The Guardian" wählte ihn zu den „50 people who could save the planet." Da es keine weiteren Fragen gab, dankte der Vertreter der Schule, versuchte die Komplexität des Themas zu verdeutlichen an seinem in den Herbstferien geplanten Flug nach New York, den er sich in Bezug auf seinen ökologischen Fußabtritt durch seine vegetarische Lebensweise hoffe leisten zu können, was Booker nicht ganz verstand, vielleicht aber auch scherzhaft gemeint war, und machte abschließend mit dem Hinweis auf Kants kategorischen Imperativ seiner Ansicht nach unmissverständlich deutlich, wo grundsätzlich die Grenze zwischen Gut und Böse verlief: „Handle so, dass die Maxime deines Willens jederzeit zugleich als Prinzip einer allgemeinen Gesetzgebung gelten könne."

Booker brachte Maja um ein ehemaliges Militärgelände herum zur Bahnstation „Am Stadtwald": „Morgen hab ich Dienst im Hofladen. Da müssen wir früh raus. Ich übernachte dort." Auf dem Parkplatz vor der Schule zeigte Booker auf die Kennzeichen der Lehrerautos. Die meisten kamen von außerhalb. „Lass sie", sagte Maja.
Er erzählte von Peter Willcox, dem Kapitän des Greenpeace-Schiffes „Rainbow Warrior", ein Name, der auf die Prophezeiung eines Cree-Indianers zurückgehe: „Wenn die Welt krank ist und im Sterben liegt, werden die Menschen aufstehen wie Regenbogen-Krieger."
„Werden sie?" fragte Booker und sah zu seinen Kriegern aus der 6. Klasse: „Die müssen es vielleicht." Willcox schien ihm nicht mehr daran zu glauben angesichts geschundener Meere, geplünderter Fischbestände und der immer rücksichtsloseren Suche nach Öl. Maja wollte noch einmal seinen Kriegsruf hören, der sei zum Fürchten authentisch gewesen. Von weither klang wie ein vervielfachtes Echo die Antwort seiner jungen Krieger. Während sie auf dem Bahnsteig warteten, erinnerte Majas Zitronenduft ihn an ihre Mutter. Er sah sie vor sich, Blicke, ein Lächeln von ihr. Sollte er nachher einfach mal bei ihr klingeln,

vielleicht ... Zugleich fand er sich kitschig, lächerlich und schlecht gegenüber Maja, die er Porreestangen in Kisten stapeln sah, während er ...
Booker zeigte auf das erste Laub, das sich bunt färbte, und flüsterte: „Indian Summer, Tipis im letzten Abendlicht an der Biegung des Flusses ..."
„Hast du eigentlich was mit meiner Mutter?", fragte Maja unvermittelt.
Er wurde ernst: „Was meinst du mit ‚was'?"
„Ich finde, dass das anders geworden ist, wenn du bei mir bist und ihr euch begegnet. Es gibt da so eine Art von Vertraulichkeit, so was Intimes, als ob es etwas gibt, was nur ihr beide wisst."
Booker fiel der Abend im Sommer ein und Majas Gesicht, das er gesehen zu haben meinte. Umständlich erzählte er ihr etwas von diesem Abend, man habe über den Anschlag, Max Demant und den Tod gesprochen ...
Maja ließ ihn gar nicht ausreden: „Weißt du, Booker, ich trau meiner Mutter nämlich viel zu. Als sie wusste, dass das Tanzen doch nichts für sie war, hat sie sich überlegt, mit welchem ihrer Studienfreunde sie gern ein Kind hätte. Sie war ja umgeben von gutaussehenden, intelligenten, kreativen Männern. Mein Vater, den ich ab und zu besuche, hat mir das erzählt. Sie hat mit ihm geschlafen und es hat geklappt: Ich meldete mich an. Er hatte damals geglaubt, dass sie die Pille nahm. So hatte sie ihm das gesagt. Später, als sie schwanger war, hat sie ihm gesagt, sie wolle nicht mit ihm zusammenleben, sie habe nur mit ihm ein Kind haben wollen. Sie geht immer ihren eigenen Weg und sie nimmt sich, was sie haben möchte."

Maja zögerte: „Ich weiß nicht, wie ich unsere Beziehung nennen soll. Ich sag mal, es ist Freundschaft, wie auch immer. Wenn da was wäre zwischen meiner Mutter und dir, das wäre das Ende zwischen uns. Ich glaube, es wäre noch schlimmer."

Der Zug kam, die Türen öffneten sich, Maja stieg ein, Booker winkte ihr noch einmal zu und sah ihr nach. Majas Worte hatten ihn nachdenklich gemacht. Verflogen waren alle Phantasien. Ja, wie standen Maja und er eigentlich zueinander? Sie saßen in der Schule in den meisten Fächern nebeneinander, gingen vertraut miteinander um, halfen sich bei den Hausaufgaben, waren mal bei ihr, mal bei ihm, sprachen über vieles. Sie hatte ihre Mädchenabende. Was da genau lief, wusste er nicht. Er hatte keine anderen Freunde, ging nicht auf Partys. Vor ein, zwei Jahren hatte ihn mal am Freitagnachmittag nach der letzten Stunde einer aus der Klasse gefragt: „Mensch, Booker, kommst du heut Abend mit ein' saufen?" Er hatte nur zurückgefragt: „Saufen, muss man das?" Und dann: „Nee, lass gut sein, Indianer und Feuerwasser, das ist noch nie gut gegangen." Sie hatten alle gelacht und damit war das Thema durch. Maja war verlässlich, offen, fleißig, sie war in allen Fächern gut, einfach gut, sie kapierte alles sofort, sie war klasse, nur eben ...
Er merkte, dass er immer noch auf dem kleinen Bahnsteig stand und dem Zug nachblickte, der ganz weit hinten gerade verschwand. Ohne Maja wäre er wirklich allein. Wie damals, als er fünf war und an einer endlosen Straße stand wie hier an den Schienen. Seine Mutter war tot, er wäre bei dem Unfall auch beinahe ums Leben gekommen, war im Krankenhaus

gewesen, ein Mann hatte an seinem Bett gesessen, ja, er hatte ihn wohl schon mal gesehen, ein oder zwei Mal, er hatte mit ihm gesprochen, sagte etwas von Daddy und dass die Mummy jetzt in einer anderen Welt sei und nicht mehr kommen könne, dass er, Daddy, sich jetzt um ihn kümmern wolle. Seine Großmutter war ins Zimmer gekomen, hatte genickt und ein paar Worte gesagt, die er vergessen hatte, wie er alles vergessen hatte, was vorher war, als ob jemand die Löschtaste gedrückt hätte, alles weg, weg, nur noch sein Daddy, der ihn in einen großen Wagen gebracht und mit ihm diese endlosen Straßen gefahren war, bis sie in eine Stadt mit einem großen Haus gekommen waren; aber schon wenige Wochen später ging es weiter, nach Deutschland, der lange Flug, das fremde Land; er hatte so wenig gesprochen, dass sein Vater sich schon fragte, ob er jemals wieder sprechen würde. Dass es gelang, dass er aus seiner unendlichen Verlorenheit herauskam, war sicher der alten Georgia zu verdanken, einer ehemaligen Lehrerin und Malerin, die sein Vater auf einer Ausstellung kennengelernt und eingeladen hatte. Georgia hatte eine Zeit lang in den Staaten gelebt, kam, setzte sich zu ihm, ging mit ihm spazieren, sprach mit ihm, langsam, ruhig, erst Englisch, dann Deutsch. Sie kam immer öfter, bald jeden Tag, dann wohnte sie bei ihnen. Er lernte bei ihr lesen und schreiben. Sie war streng und er musste viel lesen, laut lesen, Indianergeschichten, Tiergeschichten, Abenteuergeschichten, musste erzählen, was er gelesen hatte. Sie brachte ihm bei, jeden Buchstaben zu achten, die Buchstaben sorgfältig zu malen, ihre Schönheit zu erkennen; und als er dann in die Schule kam, machte sie mit ihm Hausaufgaben, ging mit ihm zum Sport, war streng und zart und gut und sprach mit ihm sehr vernünftig; aber als sie eines Tages gestorben war – alles ging sehr schnell und der Abschied war eigentlich nur ein Blick, ein müdes Lächeln im Krankenhaus zwischen Schläuchen und Apparaten hindurch –, da war er wieder allein mit seinem immer noch fernen Vater, und er fragte sich, ob sie ihn jemals in den Arm genommen, an sich gedrückt, ihn gestreichelt oder ihm das Haar aus dem Gesicht gestrichen hatte.

Ohne Maja wäre er wirklich allein.

Booker radelte los, ließ den kleinen Bahnsteig hinter sich, den Stadtwald, fuhr am Bahnhof vorbei in die Stadt, durch die Stadt, radelte ruhig, wie benommen, es hätte keinen Zweck gehabt, ihn jetzt anzusprechen, zu rufen, er war woanders und konnte froh sein, dass die kleine Stadt Rücksicht auf ihn nahm. Zu Hause zog er sich um und lief los, durch den Park, ja, dahinten war wieder Alki-Versammlung, auf den Ring, die Brachenfelder Straße entlang ins Gehölz und drehte einige Runden auf dem weichen Waldboden. Er lief schnell, schneller als sonst. Er forderte sich, bis er die Erschöpfung zu merken begann. Auf dem Rückweg sah er Majas Mutter vor sich. Sie musste vor der Stadt auf der Landstraße gelaufen sein. Er versuchte vergeblich sie einzuholen. Sie war immer noch schnell.
Zu Hause unter der Dusche stellte er sich vor, dass sie jetzt auch duschte, den Kopf in den Nacken legte, das Wasser über ihr Gesicht, die Haare, die Schultern, die Brüste fließen ließ, es ausstellte, die Hände einseifte und sich einschäumte, ihre Hände über ihren Körper glitten, sie den Schaum abspülte, aus der Dusche trat,

sich abtrocknete und einen Bademantel anzog. Es war ihm, als stünde er jetzt dort, ginge auf sie zu, öffnete ihren Bademantel und ließ seine Hände unter ihren Mantel gleiten, könnte ihre Haut spüren, ihre Brüste umfassen, sie an sich ziehen ... und ihr ins Gesicht sehen: Was er sah, war Maja.

IX

Früher Sonntagmorgen im Herbst. Booker stand barfuß in seinem Zimmer und blickte in den Garten; vor ihm der große Schreibtisch, eine Biografie von Kleist lag in der Mitte, Referatsthema in Deutsch, Bücher links und rechts, hinten das Bett. Langsam gewöhnten sich seine Augen an die Dunkelheit. Er hatte die Grundhaltung im Tai Chi eingenommen: Die Füße standen in einem V, Knie leicht gebeugt, Po und Bauch locker, ruhiges Atmen. Seit ein paar Monaten übte er Tai Chi in einer Gruppe im Keller der Volkshochschule. Ein Raum mit dem Charme einer Abstellkammer, durch den Wick VapoRub-Bohnerwachsgerüche zogen: niedrige Decke, graugrün melierter Linoleumboden, an der rechten Wand lumpige, bunte Stoffbahnen, links eine alte Turnmatte, daneben eine gelbe Doppeltür aus Eisen, verschlossen, in der Mitte der Wand eine große Uhr, nach vorn vier Lichtschächte mit Blick auf Gestrüpp, Fahrradständer und Hauswand, eine kleine Ecke Himmel. Neonlicht. Wer konnte, schloss die Augen.

Er war dort, weil er im vergangenen Sommer abseits der Straße am Fluss einen älteren Mann gesehen hatte, der sich ungewöhnlich verhielt; seine genauen, fließenden, weit ausholenden Bewegungen schienen Ausdruck einer großen inneren Ruhe, ja, Klarheit zu sein. Booker war vom Rad gestiegen und hatte den Mann aus der Ferne lange beobachtet. Der Zauber einer unbekannten, geheimnisvollen Kraft war von diesem Mann ausgegangen. Das wollte Booker lernen, und er wusste, dass dieser Weg sehr lang sein konnte.

Aus dem Dunkel schemenhaft Aphrodite.

„Loslassen, lauschen, lächeln nach innen, im Geist hellwach, wie im Traum", hörte er die Stimme des Kursleiters. „Die Gedanken nicht hektisch wie ein Affe von Ast zu Ast springen lassen. Wenn ich esse, esse ich, wenn ich laufe, laufe ich, wenn ich meditiere, meditiere ich." Die Mathe-Hausaufgaben kamen wie kleine weiße Wolken auf ihn zu, Booker ließ sie vorbeiziehen. Er würde nie begreifen, warum sich Parallelen im Unendlichen schneiden. „Chi wecken, das Tor des Lebens öffnet sich", jetzt müsste er ein Fließen im Körper wahrnehmen, „Schritt setzen, Gewicht verlagern, Balance bewahren ..." Dieses ruhige, ebenmäßige Gesicht der Aphrodite, der starke, schlanke Körper, die festen Brüste, die angedeutete Bewegung, das weite Meer des Chi, wie Majas Mutter das genannt hatte. Wie mochten Arme und Hände ausgesehen haben? Eine Frau, die sich entkleidet, das Gewand fallen lässt, selbstsicher, in sich ruhend, ganz bei sich. Wollte sie ein Bad nehmen, ins Bett, war sie allein?
Wo wohnen Götter?
Im Haus war es still. Sein Vater, sein ferner Vater war auf Geschäftsreise. Der Terroranschlag hatte auch der Firma neue Chancen eröffnet, um an große Aufträge heranzukommen. Sein Vater war dauernd unterwegs. Der ruhte nicht, war aber wohl mit sich im Reinen, stand hinter dem, was er tat, und drängte ständig, Booker solle endlich seinen Führerschein machen, mal auf eine Party gehen, Netzwerke knüpfen, vor allem: klare Vorstellungen von der Zukunft entwickeln, denn: Ein globaler Unterbietungswettbewerb bei Löhnen, Steuern und Sozialabgaben sei im Gange, profitieren könne davon nur eine kleine Oberschicht, oben oder unten, ein Dazwischen gebe es

bald nicht mehr, seine Konkurrenz werde in Shanghai und Silicon Valley ausgebildet, Fazit: Karriereplanung für die Zeit nach dem Abi stehe jetzt ganz oben auf der Agenda: Wo was studieren mit welchem Ziel.
Wenn er das wüsste. Booker wiederholte die Übungen zur Form. Ruhig stand er im Raum. Dass er alle Chancen hatte, war vielleicht Teil des Problems. Und dass er keine speziellen Interessen oder Schwerpunkte hatte. Und nichts verkehrt machen wollte. Die Plains lagen vor ihm wie ein weites, wogendes Meer. Das machte ihm Angst und zugleich sehnte er sich danach.

Aphrodite lächelte.

Er ging in die Küche und brühte sich frischen Kaffee. Seit er gelesen hatte, dass die Plains-Indianer, als sie noch frei und stark waren, Siedlertrecks anhielten und für eine paar Pakete Kaffee weiterziehen ließen, mochte er Kaffee, am liebsten ganz schwarz.
Er zog sich an, setzte sich an den Schreibtisch, blätterte und las im politischen Tagebuch von Max Demant.

Gegen zehn kam Maja. Sie hatte Brötchen mitgebracht. Was Kühlschrank und Küche hergaben, wurde auf den Tisch gestellt, und sie begannen mit dem Frühstück. Maja erzählte zunächst von ihren Freundinnen und vom Hofladen. Zwischendurch Honigbrötchen und Pflaumenmus. Booker genoss es, weil sie anschaulich erzählen und merkwürdige Kunden gut nachmachen konnte. Sie war so voller Leben. Empörend fand sie eine pensionierte Lehrerin, die jede einzelne Zitrone aus der Kiste hervorgeholt, begrabbelt, gedrückt und beurteilt hatte, um ja für sich die beste zu erwischen, die 15-Punkte-Zitrone. Schließlich ging sie über zu ihrem Referat für die Studienstufenfahrt nach Griechenland, Thema „Medusa": „Stell dir vor, wir sind mit der Gruppe zum Heiligtum des Apoll in Delphi hinaufgegangen, brennende Sonne, heiße Steine, schweres Gepäck, haben über die beiden Sprüche eingehend philosophiert: *gnothi sauton*, erkenne dich selbst, und *meden agan*, nichts im Übermaß, stehen jetzt oben, blicken weit ins Land und ..." Sie stand auf und ging in der Küche umher:

„Die Geschichte der Medusa ist ein Mythos, also zunächst mündlich tradiert, deswegen gibt es wohl auch so viele Varianten. Sie soll sehr schön gewesen sein, nach Ovid sogar das schönste Mädchen, mit einer Horde von Bewerbern. Zu ihnen hat auch Poseidon gehört, der Meeresgott. Klar, dass er die besten Chancen hatte und „es" schließlich geschah. Macht des Eros. Läuft eigentlich alles immer darauf hinaus? Geburt, Eros, Tod?"
Booker schwieg.
„Whatever. Zurück zu Medusa. Dann kommt viel Unterschiedliches. Haben sie einfach miteinander geschlafen? Schönes Mädchen sieht Gott, Gott sieht schönes Mädchen. Natürlich banal, zu banal. Nur Grundelemente der Biologie und ein wenig Ästhetik. Oder hat er sie verführt? Sie wollte eigentlich gar nicht, aber ein Gott hat vielleicht seine besonderen Methoden, und sie ließ sich verführen. Biologie und Psychologie. Oder hat er sie vergewaltigt? Gesetz des Dschungels. Recht des Stärkeren. Das wäre fies, spielt aber für das, was folgt, keine Rolle. Denn Fakt ist, dass die Göttin Athene das schöne Haar Medusas in

eklige Schlangen verwandelt, sodass jetzt jeder bei ihrem Anblick zu Stein erstarrt, man ihr also verständlicherweise aus dem Weg zu gehen versucht. Athene bestraft sie demnach mit Hässlichkeit, Isolation und am Ende sogar mit dem Tod. Denn Athene hilft Perseus, Medusa zu enthaupten. Warum ein so hartes Urteil?

A) weil der Geschlechtsakt in ihrem Heiligtum stattfand, okay, Kirche ist nicht der richtige Ort, aber das ist ja schlimmer als in Putins Russland. Und was, wenn Medusa dort Schutz suchte vor dem hormongesteuerten Poseidon?

B) ist sie vielleicht neidisch auf die schöne und begehrenswerte Frau. Das wäre kleinlich-peinlich für eine Göttin. Spieglein, Spieglein an der Wand, wer ist die Schönste im ganzen Land?

C) stört die kluge Athene sicher auch diese irdische Sinnlichkeit, der Rausch des Eros. Das wäre christlich-mittelalterlich, körperfeindlich. Und

D) ist sie offenbar der Meinung, was immer Poseidons Anteil an dem Ganzen ist, auf jeden Fall ist er durch ihre Schönheit verführt worden. Selbst Vergewaltigung schützt nicht vor einer Verurteilung. Das ist schlimm, islamistisch, fundamentalistisch. Frauen unter die Burka."

Booker fand es toll, wie das alles so aus Maja heraussprudelte, fragte dann aber, was uns das heute noch angehe.

Sie habe, sagte Maja, ein tolles Zitat von Sallust gefunden: „Mythen erzählen das, was nie geschah und immer ist."

Und wie jetzt weiter, fragte Booker, was sei denn immer?

Vielleicht, dass zum Menschen so etwas wie Neid, Hass, Sinnlichkeit, Verlangen, Schwäche gehöre, sagte Maja, vielleicht, dass das Streben nach Schönheit mit all dem damit verbundenen Ärger menschlich sei. Kosmetikindustrie, Schönheitschirurgie, Deutschland sucht den Superstar? „Guck dir die eingebildeten Möchtegernschönheiten auf dem Schulhof, in der Werbung, im Fernsehen, im Netz und wo sonst überall an."

Schön und gut, sagte Booker, aber Schönheit allein reiche ja wohl nicht. Aphrodite, seine Aphrodite, sei mehr als das. Schön und doof, schön und zickig, schön und hinterhältig, das sei nicht mehr schön. Medusa müsse auch mehr als nur schön gewesen sein, auf ihre Weise unergründlich schön wie Aphrodite. Vielleicht bestehe das eigentliche Unrecht an Medusa darin, sie nur auf körperliche Schönheit zu reduzieren. Immerhin entsprang dem Blut der schwangeren Medusa das geflügelte Pferd Pegasus, als Perseus sie enthauptete; und auf dem Rücken dieses wunderlichen Tieres versuchten seitdem viele, sich andere Welten zu erschreiben, hinter die Dinge zu sehen, ihnen auf den Grund zu gehen. Die Mutter der Dichtkunst nur schön, das passe nicht.
„Du meinst", sagte Maja, „sie war schön, jemand kommt, nimmt sich diese Schönheit, beutet sie sozusagen für seine eigenen Begierden aus, ohne an die Folgen zu denken und ohne hinter ihr Geheimnis gekommen zu sein und ohne dafür bestraft zu werden, und sie geht daran zugrunde?"
„So in etwa", sagte Booker. Im Übrigen habe er in Max Demants Tagebuch auch ein Bild der Medusa gefunden. Caravaggio habe 1597 den Moment gemalt,

da ihr von Perseus der Kopf abgeschlagen wird: das spritzende Blut, die Schlangen, das entsetzte Gesicht. Das Bild verstehe er jetzt als eine einzige Anklage gegenüber Athene, diese ganze vorwissenschaftliche Götterwelt, im Grunde mehr: „Wer versteckt sich hinter Göttern? Mensch, der du dieses Bild siehst, bedenke, was du mir angetan hast, mir antust. Medusas Schönheit wartet vielleicht noch darauf, ergründet zu werden!"

Maja fragte ihn nach seinem Ökologie-Referat. Ja, er habe sich mit Ulrike Beuysen von der „Umschau" verabredet, die könne ihm bestimmt noch ein paar Tipps geben, und ja, auch in der Antike sei das einigen schon als Problem bewusst gewesen, Raubbau an den Wäldern, Platon beklage, dass nur „das magere Gerippe des Landes" übrigbleibe, Bergbau, Großstadtprobleme, Bleivergiftung, die Ausrottung ganzer Tierarten in Reichweite Roms zur Aufrechterhaltung einer perversen Unterhaltungsindustrie, aber der große Unterschied zwischen damals und heute sei: Griechenland, Italien, die Inseln waren noch weitgehend bedeckt von Wäldern und fruchtbarem Land, der Libanon voll von Zedern und Zypressen. Die heutige Trostlosigkeit habe damals erst begonnen. Gleich sei allein die unveränderte Mentalität des Menschen, die Natur auf den unmittelbaren wirtschaftlichen Gewinn hin auszubeuten, die Gier nach dem Gold.

„Und was ist mit diesem Tagebuch?", fragte Maja weiter. Und Booker erzählte ihr, dass Max Demant ihm damals bei Edeka seine Klebehefte als Leihgabe angeboten habe, so eine Art politisches Tagebuch der letzten Jahrzehnte, vielleicht auch im Rahmen des Aufräumens, was soll ich noch damit. Booker habe sie daraufhin abgeholt, auch um dem alten Lehrer einen Gefallen zu tun. Das Ganze habe etwas Fossilhaftes, Zeitungsausschnitte, Bilder, eigene Notizen, aber Booker stöbere ab und an darin herum, zumal er gemerkt habe, dass, je länger er lese, er desto weniger sagen könne, was Demant für ein Mensch gewesen sei. Er habe immer ein festes Bild von ihm gehabt, grob gesagt, ein Gegenpol zu seinem Vater. In der Familie seines Vaters habe man seit eh und je Land vermessen, Bäume gefällt, Vieh gezüchtet, Straßen angelegt, nach Öl gebohrt und Maschinen gebaut und weil die USA mittlerweile zu klein geworden seien, weltweit. Deswegen seien sein Vater und er ja auch schon seit vielen Jahren in Deutschland. Sein Vater frage ständig, wo DAX oder Dow Jones stünden, wie viel US-Dollar er für einen Euro bezahlen müsse, und wenn Booker ihm auf die Frage, was in der Schule los sei, von Kleists Novellen erzähle, stehe seinem Vater auf der Stirn: Das interessiert mich nicht. Schule und Leben seien für ihn Gegensätze. Interessant sei für ihn nur das Ergebnis, mit welcher Durchschnittsnote Booker Abi machen werde und welche Möglichkeiten er damit habe. Sein Vater spreche dauernd mit Ausrufezeichen, alles müsse schnell gehen, Informationen einholen, bewerten, entscheiden. Die schlimmste Zeit seines Lebens sei die gewesen, als er am Anfang hier in Deutschland einen behäbigen Daimler-Diesel als Firmenwagen bekommen habe: Da sei er auf der Autobahn ständig herzinfarktgefährdet gewesen.

„Bei Max Demant ist so wenig klar. Ich weiß nicht einmal, ob er wirklich Opfer war oder nicht auch Täter, von Anfang an wird ungeheure Wut deutlich auf die Zerstörung der Natur, dann sind da Aufrufe zum Widerstand, besonders von Schriftstellern, Bewunderung für die, die sich nicht anpassen, sondern im Kleinen handeln, und in den Bildern steckt viel Resignation, Melancholie."
Mit dem Täter, das sei ja wohl Quatsch, sagte Maja und ließ sich die Hefte zeigen, und während Booker in der Küche aufräumte, setzte sie sich an seinen Schreibtisch, blätterte und las, nahm ein Heft aus den Anfangsjahren, eins aus der Mitte und sagte schließlich, als er das Zimmer betrat: „Das Erste ist doch, dass er ganz viel Anteil an der Welt genommen hat, an der Welt, ja. Er hat versucht, die Zeit, seine Zeit aus seiner Sicht zu dokumentieren. Das, was er hier geklebt oder geschrieben hat, war ihm wichtig. Er hat das ernst genommen. Ein klein wenig davon hat er auch in seinem Unterricht untergebracht, aber das meiste nicht. Er wusste offenbar nicht, wohin damit. Das musste er irgendwie loswerden. Da ist zum Beispiel dieser Bericht von einer Ausstellung in Frankfurt, von einer Installation, einer lautlosen Projektion, die acht Minuten dauert und aus nacheinander eingeblendeten Sätzen besteht, die das Leben des Fotografen Kevin Carter beschreiben, der 1993 im Sudan ein halbverhungertes, am Boden kauerndes Mädchen fotografiert hat, hinter dem in einiger Entfernung ein Geier lauerte. Carter hat offenbar 20 Minuten gewartet, vor dem verhungernden Mädchen mit dem Geier gesessen, bis der Geier seine Flügel spreizte. Da hat er auf den Auslöser gedrückt. Für das Bild erhielt er den

Pulitzerpreis. Wenige Wochen später beging er Selbstmord.
In welche Richtung du hier auch denkst, das ist nur furchtbar. Demant muss sich gedacht haben, jetzt kann man doch nicht einfach Fußballergebnisse hören oder ins Bett gehen oder ..., das muss doch irgendwohin, das Einkleben war wohl so eine Möglichkeit, das auch wieder loszuwerden ..."
Sie blätterten beide in den Heften, bis Booker sie an Mathe erinnerte, das liege zentnerschwer auf seiner Seele, die Last müsse er jetzt bitte loswerden ...

Stunden später war Booker ganz dusselig von den vielen Zahlen und Formeln. Alles schien ihm so weit weg von dem, was er als Wirklichkeit ansah, von den Bäumen, Menschen, von Aphrodite im Garten, von dem, was er fühlte und dachte und von seiner Müdigkeit, vor allem seiner Müdigkeit.

„Lass gut sein, Maja, ich kann nicht mehr", sagte er und legte sich auf sein großes Bett, das weiter hinten in einer Ecke des Zimmers stand, „warum kann nicht alles etwas einfacher sein." Draußen war es immer noch grau, eigentlich noch grauer, Blätter fielen, müde Blätter, sehr müde Blätter. Maja schob eine CD ein und legte sich neben ihn. Klarinette, Saxofon, Bass, Schlagzeug, mal ein Klavier, selten eine Stimme. Sie waren Fans von Lalouche, der sich aus allen Teilen der Welt Anregungen holte und in wechselnder Begleitung daraus immer neue Melodien machte, seine Musik, ihre Musik. Nach einer Weile flüsterte Maja: „Nenn mir deine Assoziationen, woran denkst du ..."

Booker: „Von einem Felsen aus auf einen See blicken, Wälder drum herum, Indian Summer, ganz selten grauer Fels, über den See gleitet ruhig ein Kanu ..."
Maja: „... zwei Personen sitzen in dem Kanu, ein Mann und eine Frau ..."
Booker: „... der See ist eigentlich ein Fluss, der an dieser Stelle sehr breit ist und der sich bis zum Horizont zieht ..."
Maja: „... Rauch steigt aus dem Wald, offenbar das Ziel des Kanus ..."
Booker: „... nirgends eine Zahl, eine Formel, ein Stück Papier ..."
Maja: „... Mann und Frau haben das Kanu ans Ufer gezogen und tragen ihre Einkaufstaschen durch den Wald zur Hütte ..."
Booker: „... auf der Suche nach Beute kreist ein Adler über ihnen ..."
Maja: „... und sieht, wie die beiden auf der Terrasse sitzen und Pflaumenkuchen essen ..."
Booker: „... mit Sahne ..."
Maja: „... morgens Booker über den Schulhof kommen sehen ..."
Booker: „... vor der Tür eines Klassenzimmers stehen und drinnen Majas Stimme hören ..."
Maja: „... in Bookers Augen sehen ..."
Booker: „... Aphrodite im Mondlicht ..."

Maja schwieg sehr lange und fragte schließlich: „Booker, findest du mich schön?" Er hielt die Augen geschlossen, spürte, dass sie sich aufgerichtet hatte und ihn ansah. „Aphrodite bewegt sich", flüsterte er, „sie hat Arme und Hände, legt sich ihr Gewand um die Schultern und kommt über den Rasen auf das Haus zu." „Booker, bevor sie hier ist, musst du mir meine Frage beantworten, denn wenn sie erst mal hier ist, habe ich keine Chance mehr." „Sie kommt ja nicht ins Zimmer", sagte er, „sie bleibt immer draußen, ich kenn das." Er fühlte, wie sie ihn mit der linken Hand im Gesicht berührte, es erforschte, als sei sie blind und müsste sich jede Einzelheit ertasten, wie sie ihm durchs Haar strich, ihren Körper an seinen schmiegte, ihn auf die Augen küsste. Sie roch entfernt nach Orangen, sie roch gut, er schnupperte, er fand es schön, ihre Nähe zu spüren, ihre Wärme, er meinte, sich an etwas Verlorenes zu erinnern, etwas, was ihm immer wieder entglitt, sobald er es an einem Bild festmachen wollte. Sie legte ihre Hand auf seinen Mund, er formte die Lippen zu einem Kuss, sie zog die Hand weg und er spürte ihre Lippen auf seinen. Unwillkürlich zuckte er etwas zurück, kroch in sich hinein. „Booker, hast du schon mal mit einer Frau geschlafen?" Er sagte nichts, er hatte Angst. Nein, hatte er nicht. Er hatte sich oft vor diesem Augenblick gefürchtet, er wusste nicht, warum er so zögerlich war, immer gewesen war, manches Mal hatte er gespürt, wie das eine oder andere Mädchen mit ihm zu flirten versuchte, aber er konnte nicht einfach zugreifen, hatte auch nie eine solche Sehnsucht verspürt, dass er jede Scheu überwinden konnte. Vielleicht war er nicht normal, sicher war er nicht normal, hätte längst zu einem Psychiater gehen, mit seinem Vater reden, nein, nicht mit dem erfolgreichen, omnipotenten, also doch Psychiater, aber die Fragen des Vaters, was er da wolle usw., außerdem, jetzt war es zu spät, verdammt zu spät, im Kino, im Fernsehen, in den Filmen sah immer alles so einfach aus, so super einfach, aber was sollte er jetzt tun, wohin mit den Händen und spürte er schon etwas, erregte es ihn, dass

Maja ihn küsste? „Booker, hast du schon mal mit einer Frau geschlafen?", wiederholte sie und als er wieder schwieg: „Verdammt, komm ich zu spät, bin ich nicht die Erste? Hat meine Mutter ...?" Er schüttelte den Kopf. „Dann ist es gut", sagte sie, „Booker Washington, ich wäre stolz darauf, die erste Frau in deinem Leben zu sein, die mit dir schläft, die mit dem berühmten Dakota schläft. Darf ich, lässt du mich, bitte ... Ich mag dich so gern, und ich helfe dir, ich helfe uns, wir schaffen das, wir müssen nur aufhören, so verdammt viel zu reden, gleich kommen diese ganz tollen Lalouche-Stücke, da müssen wir sowieso ganz still sein, dein Handy hast du ausgeschaltet, okay, ich hab meins gar nicht erst mitgenommen, entspann dich, mein Liebster ..." Booker hatte ihr wie in Trance zugehört und eigentlich hätte er ihre Stimme gern noch weiter gehört, aber sie küsste ihn und lockte und forderte ihn auf, sie auch zu küssen, was er tat, zögernd, aber er tat es und erwiderte ihre Küsse, bis sie Mund und Zunge erkundeten, sich fanden und verloren, suchten und miteinander spielten und ihre Hand unter sein T-Shirt glitt ... „Merkst du, dass ich nicht aus Stein bin? Ich zieh dich jetzt aus, ich möchte deinen ganzen Luxus-Körper fühlen, schenk ihn mir, ja? Es ist ja nicht für immer ..." Booker hielt die Augen geschlossen und ließ es geschehen, half ihr, ihm das T-Shirt über den Kopf zu ziehen, Jeans und Unterhose herunterzuziehen, die Socken auszuziehen ... „Ich möchte dich nackt sehen, in all deiner Herrlichkeit, du halbe Rothaut, kein weißer Streifen, tatsächlich ..." Während sie so gesprochen hatte, hatte sie sich ganz schnell selbst ausgezogen, kroch zu ihm und zog die Bettdecke ein bisschen über sie. Bis zu den

Fußspitzen konnte er sie fühlen, öffnete die Augen und sah ihr ins Gesicht, küsste sie lange, erkundete ihr Gesicht, ihren Mund, strich ihr durchs Haar, ließ seine Hände zu ihren Brüsten wandern, merkte, wie ihre Brustwarzen hart wurden. „Booker", murmelte sie, schmiegte sich an ihn, ließ ihre Hände zu seinem Glied, seinen Hoden wandern, und er merkte, wie ihn das erregte, was für ein tolles Gefühl das war, und er konnte sich nicht satt sehen und fühlen an Majas vollem Körper, ihrem lächelnden Gesicht, und sie setzte sich auf ihn, führte sein Glied ein, und er genoss es, in ihr zu sein und mit ihr eine gleichmäßige Bewegung zu finden. „So, das ist das also", dachte er, „so fühlt sich das an." Maja stöhnte, bäumte sich ein wenig auf und er ergoss sich in sie. Schließlich glitt sie von ihm und legte sich ganz dicht neben ihn: „Das war schön, Booker, für das erste Mal war das sehr, sehr schön, und bei den Dakotas würdest du nicht eine, sondern zwei oder drei Frauen in deinem Wigwam haben, wenn wir noch üben, viel, viel üben, dann weiß ich nicht, wohin das noch einmal führen soll ..."

Booker genoss Majas Nähe, er war ihr dankbar. Hatte sich jetzt etwas zwischen ihnen verändert, war das nun Liebe? Im Zimmer war es dunkel, die Musik war zu Ende, in der Stille hörte er Maja atmen, so regelmäßig, so ruhig, dass sie zu schlafen schien. Was gäbe er für ihre Träume. Er blieb noch ein wenig liegen, löste sich dann von ihr, stand auf, zog sich wieder an und setzte sich in die Küche.

Er fühlte eine Freude, die weit, sehr weit tragen konnte.

Irgendwann kam Maja, umarmte und küsste ihn, zündete eine Kerze an, und sie deckten den Tisch. Beim Essen fingen sie an zu reden, sprachen davon, wie sie sich ihr Leben vorstellten, verglichen es mit dem ihrer Mutter, seines Vaters, nahmen andere Beispiele, lachten über ihre eigenen Träume und Sehnsüchte, die sie aber sehr ernst nahmen, bastelten an einer Welt, in der dies alles möglich sein könnte, suchten nach Namen für ihr gemeinsames Kind, räumten den Tisch ab und füllten die Geschirrspülmaschine. Maja sammelte ihre Sachen zusammen und Booker brachte sie zur Tür. „Wie geht es nun weiter?", fragte er. Sie umarmte ihn und sagte: „Einfach. Anders. Leben."

Sie sahen sich an, lächelten und Booker fand, sie sah aus wie für lange.

X

Und als im Oktober die Vorlesungen an der Kieler Uni begannen, fuhren sie gleich am ersten Mittwoch dorthin. Unterrichtsschluss war nach der vierten Stunde, Maja konnte das Auto ihrer Mutter bekommen, gegen 12 Uhr waren sie da: „Schon mal sehen, was wir nach dem Abi machen", hatte Maja gesagt, und Booker war gespannt. Wind und Regen schlugen ihnen entgegen, als sie aus dem Auto stiegen. Maja zog sich die Pudelmütze, auf der ein bunter Pompon tanzte, tief ins Gesicht. Ums Audimax viele junge, aufgeregte Leute, sie hörten ihre Namen und sahen eine ehemalige Mitschülerin, die Tochter von Nachbarn aus der Marienstraße: „Na, ein Jahr übersprungen, ihr Superschlauen?" Man verabredete sich für später, denn sie mussten sehen, dass sie ihren Hörsaal fanden: altes Gebäude, ausgelatschte Treppen, unterm Dach der große Saal, ansteigende Bankreihen mit Holzklappstühlen, eine hohe Fensterfront zur Rechten, da, ganz hinten waren noch zwei Plätze frei. Vorn ein älterer Herr, spärliches graues Haar, dunkle Hose, kurzärmliges Hemd, waches Gesicht. Nachdem er Laptop, Mikrofon und Beamer eingerichtet hatte – Booker dachte kurz an Demants ausgebeulte, zerschlissene Tasche – ging es los: Sie hatten sich die Einführungsvorlesung Psychologie bei Professor Mausfeld ausgesucht, Thema: Wahrnehmung und Kognition, Wissen allein sei langweilig, lediglich als Mittel, etwas verstehen zu können, interessant; wir seien zwar als Menschen alle davon überzeugt, dass die Kategorien unserer Wahrnehmung im Wesentlichen Kategorien der Außenwelt sind und dass unsere Wahrnehmung die Außenwelt im Großen und Ganzen zutreffend abbildet, da unsere Sinne aber lügen und trügen, wir keinen introspektiven Zugang hätten und wir sowieso nur durch ein winziges Schlüsselloch Welt wahrnehmen könnten, das meiste bekämen wir gar nicht mit, sei es höchst fraglich, wieweit wir hinter die Welt des Scheins gucken könnten, zumal auch unsere Sprache Welt nicht abbilde, sondern lediglich ein Bild der Welt schaffe: „Die Realität sehen Sie sowieso nicht." Jede Spezies, jeder Einzelne konstruiere sich seine Wirklichkeit usw. ging das von Platon über Descartes bis zur heutigen Gliederung des Faches und einem Aufruf, sich nicht lediglich als Humankapital behandeln zu lassen, das wie am Fließband zum genormten Psychologen mit maximalem Nutzen zur Aufrechterhaltung des Systems ausgebildet werde, sondern usw. Booker hatte das Gefühl, hier mache einer nichts vor, rede witzig und anschaulich und sei selbst begierig nach Neuem, Überraschendem; er fühlte sich aufgehobener als sonst. Woran er sich schnell gewöhnte: die Selbstverständlichkeit des genauen Zuhörens, Mitschreibens oder Fragens. Es war wie ein Rausch. Auch er klopfte am Ende auf den Tisch und ließ sich im Strom der Studenten nach draußen treiben, wo Anja schon stand und sie mit in ihre WG nahm, Altbauwohnung mit sechs Zimmern und großer Küche zum Innenhof, Garagen, ein überwuchertes Stallgebäude vor hohen Birken mit goldgelbem Laub, von Wind und Regen geschüttelt. Innen sah alles nach oft benutzt, zusammengewürfelt und buntem Leben aus. Sie saßen um den Küchentisch, ein Sammelsurium von unterschiedlichen Stühlen. Anja hatte Kaffee gekocht und erzählte von ihrem Studium, von Profs und Klausuren, Arbeitsgruppen, überfüllten Seminaren und von ihrer Arbeit „Effi Briest: Ein Leben nach biblischen Mustern und christlichen Rollen", und Booker merkte, wie wichtig ihr das war, sah die Kette mit dem Kreuz auf ihrem dunklen Pullover und fragte sich, ob sie auch ein solches Leben anstrebe und was das denn heute sei. Irgendwo in der Wohnung spielte jemand Klavier. Maja musste auch erzählen, was denn in der Schule so los sei, Fächer und Lehrer mit ihren Eigenheiten und ewigen Schnacks wurden verglichen und beurteilt, ja, von Max Demant hatte sie auch gehört. Schließlich wollte Anja aber wissen, was er denn so vorhabe, und als er seine Herkunft erwähnte und dass er vielleicht wieder zurückkehren werde, da hänge auch viel von seinem Vater und dem Ausgang der Präsidentenwahl ab, fand sie es „total toll, das wusste ich ja gar nicht" und „interessant" und holte gleich vom Bücherbord in der Toilette die Rede des Häuptlings Seattle: „Wir sind ein Teil der Erde": „Die hat mal jemand da liegengelassen" und ob das denn alles auch so seine Ansicht sei. Booker blätterte in dem schmalen Heft: „Ich musste sie mal abschreiben. Da war ich neun oder zehn. Ich erinnere noch ‚Jeder Teil dieser Erde ist meinem Volk heilig, jede glitzernde Tannennadel, jeder sandige Strand, jeder Nebel in den dunklen Wäldern, jede Lichtung, jedes summende Insekt ist heilig ...' und in dem Moment summte eine Mücke neben mir. Mücken sind mir nicht heilig, ich erschlug sie. Hier steht alles still, es ist kein Wille zur Veränderung, Entwicklung, zur Entdeckung, Erforschung der Natur, da ist zu viel von Gott die Rede, zu wenig von den Möglichkeiten des Menschen, natürlich, wir sollten uns als Teil empfinden, die Tiere achten, ganz anders mit der

Natur umgehen ..., aber der edle Wilde, der im Einklang mit der Natur lebt, ist sicher ein Märchen, Indianer gab es nur nicht so viel, und sie hatten nicht die technischen Möglichkeiten, so viel kaputtzumachen."

Maja sagte, sie und Booker hätten sich schon oft gefragt, warum das Experiment Mensch schief zu laufen drohe, deshalb auch die Vorlesung in Psychologie: Ob man wohl über die Psychologie herausbekommen könnte, wie und warum Menschen so und so ticken und ob man dann weiterkommen könnte, wenn man sie anders ticken lasse ...

Booker lernte noch Claudia kennen und dass sie jeden Morgen ab 6:00 am Schreibtisch sitzt und Romane schreibt und ihr Computer nach 500 Wörtern ein Signal gibt, Minimum erreicht; dass sie schreibt, weil sie anders nicht leben könne, und dabei Geschichten erfinde aus römischer Zeit, über die wisse sie halt viel aus den alten Texten: halbe Assistentenstelle für Unterweisungen von Studenten in lateinischer Sprache, befristet; was dann komme, wissen die Götter, frag die Auguren.

... und Eike, Mathe, Physik, nein, Lehrer könne er nicht werden, wolle sich nicht einlassen auf Kritik von oben, von außen, Kritik, die er nicht akzeptiere; stockend, aber bestimmt sprach er von sich, als sei er sich selbst bekannt ein für alle Mal. Im Institut betreue er schon den gesamten IT-Bereich, vielleicht wechsle er noch zur Informatik, an der Maus fühle er sich wohl.

... und Martha aus Polen, immer mit einem Koffer unterwegs von Freunden zu Freunden, beschäftigt mit der Frage, wie man mit filmischen Mitteln Weite und Wirklichkeit des Universums aufbereiten und

Menschen dieses Gefühl vermitteln könne, das alle, alle Astronauten mit karger Sprache und einfachen Fotos zu umschreiben versuchten, als sie das erste Mal aus dem All dieses Juwel, diese Perle, diese atemberaubende Schönheit unseres Planeten sahen und sich als Teil einer Menschheit empfanden, die verdammt noch mal die oberste Pflicht habe, dies zu erhalten, ob Muslim, Banker, Indio ...; und dass der Koffer zu tun habe mit Planetarien überall und einem Doktorvater in Großbritannien und der Hoffnung, mit dieser Promotion ihre Dozentinnenstelle an der Fachhochschule zu festigen und auszubauen für die Zukunft an einer Hochschule weltweit; nicht unbedingt in den USA, denn da dürften wissenschaftliche Filme über die Entstehung des Universums wegen anderslautender Bibelstellen in einigen Städten nicht gezeigt werden.

... und schließlich kam Micha, der, so die anderen, beim Aufstehen anfange zu reden und erst aufhöre, wenn ihm nachts die Augen zufielen, und, „Maja, deine Pudelmütze ist toll", BWL studiert habe, Jungunternehmer coache oder Firmen in Sachen Innovation berate, Räume, Tages-, Jahreszeiten für Kreativität erkunde, Interviews mit Kreativen ins Netz stelle, „Claudia, wir beide machen da demnächst was", nach Trends und Anti-Trends forsche, lächelnd, mit lustig wackelndem Kopf, braunen, leicht flackernden Augen, es laufe gut, ja, und wenn es irgendwann nicht mehr laufe, mache er was anderes, in Kreativität kenne er sich mittlerweile aus und neu erfinden wolle er sich ständig.

Es war dunkel geworden, Micha sprach ohne Punkt und Komma, jemand hatte eine Kerze angemacht, ein paar Tiefkühlpizzen in den Ofen geschoben und Bier auf den Tisch gestellt, sie alberten herum, lachten, Anja und Eike erzählten von der letzten Campus-Party. Booker genoss dieses Gefühl von Gemeinschaft, das kannte er so nicht, aber irgendwann mussten sie los. An der Wohnungstür ein Zettel: „10 Gebote eines besseren Lebens: weltweit weniger Kinder, Autos, Fleisch, Flugzeuge, Fernseher, Erdbeeren im Winter, mehr Leitungswasser trinken, teilen, tauschen und sich einmischen" und weiter unten der „Küchenplan: morgens alle dreimal würfeln, wer auf die höchste Zahl kommt, ist an dem Tag dran". Sie ließen ihre E-Mail-Adressen da.

Maja fuhr langsamer als sonst, Booker schien es so, als wolle sie etwas bewahren oder Zeit zum Nachdenken geben. Bis auf die Fahrgeräusche war es ruhig im Auto. Ihm schwirrte vieles durch den Kopf, was mit Aufbruch, Zukunft, Lebensplänen zu tun hatte, mit großen Erwartungen und ein wenig Angst. Es regnete nicht mehr. Als sie fast zu Hause waren, fragte er, ob sie Lust habe, noch ein bisschen zu üben. Sie lachte.
Im Wohnzimmer saß Majas Mutter, hörte Musik und trank Wein.
„Ich dachte, du musst nach New York", sagte Maja und ein bisschen Enttäuschung schwang mit.
„Der Flughafen war abgesperrt, nichts lief mehr, keine Landungen, keine Starts, da bin ich zurück. Wenn ich morgen fliege, komm ich zu spät zum Meeting, also bleib ich hier. Jetzt ist sowieso alles egal. Was da los war, weiß ich nicht. Wie war's in Kiel? Setzt euch."
Während Maja erzählte und ihre Begeisterung für die Vorlesung, die Psychologie, das ganze Drumherum

und die WG mit ihren „schrägen Typen" rüberzubringen versuchte, sah Booker die große Müdigkeit im Gesicht ihrer Mutter, ab und zu zitterten die Augenlider kurz, sie trank den Wein sehr hastig, behielt das Glas in der linken, während sie mit der rechten Hand häufig durchs Haar strich. Sie trug noch ihr Kostüm, die Schuhe lagen neben der Tür, die Beine hatte sie auf den Tisch gelegt.
„Maja, du erzählst von einem anderen Stern", sagte sie schließlich. „Meine Realität, die Realität, die ich sehe, ist, dass die Zahlen im Betrieb stimmen müssen. Ich muss Mitarbeiter finden und einstellen, die ihren Job gut machen, die so bezahlt und betreut werden, dass sie zufrieden sind und sich im Idealfall mit dem Betrieb identifizieren, stolz sind, hier zu arbeiten. Unsere Philosophie lautet: Leistung erbringen, Anforderungen übertreffen, ständig an Verbesserungen arbeiten, Leidenschaft entwickeln, Respekt und Einfühlungsvermögen gegenüber dem Kunden, Probleme lösen, Teamwork vom Planungschef bis zum Pförtner. Ich weiß nicht, was Aristoteles dazu sagen würde, und er darf mich auch nur dann interessieren, wenn er unsere Zahlen verbessern könnte ... Und dann stell ich ihn ein."
Sie zögerte, als warte sie auf Einwände oder Vorwürfe, und fuhr dann fort: „Übrigens, ich mache im nächsten Monat eine Fortbildung, so eine Art Psychologie im Schnelldurchgang: Coaching durch Neuroimagination. Es geht darum, Burnout-Gefährdete zu erkennen und durch diese Methode in kürzester Zeit wieder fit zu machen. Hintergrund ist, dass das Gehirn nicht unterscheidet zwischen einem realen Erlebnis und einem vorgestellten. Stelle ich mir also bei Stress vor, an einem See in der Sonne zu

sitzen, den Wind zu spüren, die frische Luft zu atmen, erreiche ich einen Erholungseffekt; ja, selbst eine miserable Kindheit soll durch die Vorstellung idealer Eltern ausgelöscht werden können, du verstehst: keine langen Auszeiten, Kuraufenthalte, Aufarbeitung von Konflikten usw." Sie trank das Glas aus.

„Na", sagte Maja nach kurzer Pause, „dann fang man gleich bei dir an", stand auf und ging in Richtung ihres Zimmers.

Ihre Mutter schwieg, war wohl auch zunächst zu müde zu reagieren, nahm die Beine vom Tisch, richtete sich auf, legte den Kopf in den Nacken und flüsterte: „Vielleicht hast du recht", lauter fügte sie hinzu: „Ich muss jetzt ins Bett. Lasst euch nicht stören. Und Maja: Versteh mich nicht falsch. Wenn du Psychologie oder Medizin oder was auch immer studieren willst, mach es und genieß es."

Booker half ihr, ein paar Dinge wegzuräumen. Als sie in der Küche ruhig nebeneinander standen, ließ sie sich für einen Moment leicht gegen ihn fallen, eine Berührung, die er erwiderte. Was mochte sie erinnern von einem Abend im Juli.

Kurz nach Mitternacht brachte Maja ihn zur Tür. Sie umarmten sich lange, wortlos, und als er das Gefühl hatte, dass jeder dem anderen auf diese Weise gesagt hatte, was zu sagen war, löste er sich aus der Umarmung, winkte ihr zu und ging.

Zu Hause grüßte er kurz seinen Vater, der noch vor dem Fernseher saß, zog die Schuhe aus, wusch sich die Hände und stellte sich in die Mitte seines Zimmers. Aphrodite im Licht der Gartenlaterne. Er dachte an Majas Mutter und dass die 10 Gebote der WG nicht reichen: Zeit, Ruhe, Liebe müsste man ergänzen ...; an Zahlen ... was hatten sie bei Demant gelernt? „Wenn nicht mehr Zahlen und Figuren sind Schlüssel aller Kreaturen, wenn die, so singen oder küssen, mehr als Tiefgelehrte wissen ...", weiter wusste er nicht ... von Novalis war das; an Claudia und die morgendlichen 500 Wörter ... wie man das schaffen kann, dass einem immer wieder was Neues einfällt ... er hatte schon in einer Klausur mit vorgegebenen Aufgaben Schwierigkeiten, 500 Wörter zu schreiben; an Micha und wie man sich neu erfinden kann ... er wusste nicht einmal, wer er jetzt war, wie hätte er sich neu erfinden können; an ein Leben nach biblischem Muster ... Kirchenbesuche erinnerte er, die er aus Neugier gemacht hatte, dumpfes Vaterunser, Atmosphäre der Unterwürfigkeit, nichts, was ihn an sein Leben erinnerte. Wie unterschiedlich alles war, was sie heute erlebt hatten, wie rätselhaft ... ja, es mochte so sein, dass jeder sich seine eigene Wirklichkeit konstruiert.

Er trat ans Fenster und betrachtete die hohen Buchen, auf die jetzt Mondlicht fiel. Vor ein paar Tagen hatte er in der Nähe jemanden in den Bäumen klettern und sägen gesehen, an der Straße stand ein Pick-up mit großem Logo „Wir verstehen Bäume", irgendein Name, Telefon usw., ja, solche Bäume mussten gepflanzt und gepflegt werden. Dazu hätte er Lust.

XI

Zur Verabredung mit der Journalistin ging Booker zu Fuß. Er hatte Zeit, erinnerte sich, was er ihr alles sagen und was er sie fragen wollte, was über ihr gegenseitiges Mailen hinausging, und wählte dazu die erdigen Wege durch den Stadtwald mit braunem Buchenlaub, über die Bahn, am Flugplatz vorbei, unter der Autobahn hindurch hin zu den geteerten Feldwegen zwischen Knicks und Krähen auf abgeernteten Maisfeldern. Nach einer Stunde war er im Dorf vor der Stadt und sah sie schon vor dem Landhaus-Café unter der hohen Linde sitzen, noch war es warm genug.

Sie sah müde aus und schloss sich ihm an, als er Pflaumenkuchen mit Sahne und viel Kaffee bestellte. Ulrike, sie meinte, sie könnten sich duzen, erzählte ihm vor allem von den Büchern, die sie zu diesem Thema gelesen hatte. Dann erläuterte sie die Positionen der Parteien, der NGOs, einiger Wissenschaftler. Booker stellte Fragen über Fragen und wunderte sich, wie sie sich offenbar in dieses Thema eingearbeitet hatte und dass es umso schwieriger wurde, je mehr er davon erfuhr. Sein fertiges Referat wollte er ihr schicken, sie fand es gut, dass er sich für das Thema so interessierte.
Ulrike erzählte dann von ihrer Recherche zum Thema Arztpraxen auf dem Land und fragte ihn, was er denn so vorhabe nach dem Abitur. Mit ihren kleinen Händen fing sie ein fallendes Blatt auf und legte es neben ihren Teller. Booker fand ihre Stimme einladend ruhig, nahm das Blatt und erzählte von seinem jüngsten Projekt, Baumkletterer zu werden,

schwindelfrei sei er, aber er habe auch Alternativen, nannte Vorbilder wie Peter Willcox, den Kapitän der „Rainbow Warrior", oder Niko Paech von Attac, der immerhin angefangen habe, das zu leben, wovon so viele nur sprechen, d. h. sich von Autos, Flugreisen, Klimaanlagen, Fleisch, Fernsehen, Handy, Einfamilienhäusern usw. zu befreien, d. h. wieder sesshaft zu werden, und da ihre Augen immer noch fest auf ihn gerichtet waren, erzählte er auch von der Psychologievorlesung in Kiel und wie faszinierend es sein müsste, mehr über den Menschen herauszufinden, mit vielen anderen zusammen zu sein, die lernen und lehren und sich austauschen wollen, obwohl er ja ganz andere Wurzeln habe und auch diesen Wurzeln gern nachgehen würde, zumal nach Obamas Wiederwahl.
Sie kamen auf das Thema Schule, ja, Max Demant habe sie auch einmal als Lehrer gehabt, und sie gingen durch, was sie bei ihm gelesen hatten.
„Fontane?" fragte sie, und er lachte.
„‚Effi Briest' und dann die Fassbinder-Verfilmung?" fragte sie weiter.
„Der genaue Titel, bitte schön", sagte Booker im Tonfall Demants: „Fontane Effi Briest oder Viele, die eine Ahnung haben von ihren Möglichkeiten und Bedürfnissen und trotzdem das herrschende System in ihrem Kopf akzeptieren durch ihre Taten und es somit festigen und durchaus bestätigen."
Sie war begeistert, erzählte von ihrem Literaturstudium, ihrer Beschäftigung mit Jean Paul, seinen naiven Sonderlingen und skurrilen Gelehrten, seinen Exzerptheften, in die er schon als 15-Jähriger kurioses Bücherwissen eingetragen habe, was Booker an Demants Tagebuch denken ließ, aber davon erzählte er lieber nichts. Als sie aufgehört hatte, von Jean Paul

zu erzählen, trat eine Pause ein, und da Booker nicht wusste, wo er wieder beginnen sollte, wartete er ab, bis sie zögerlich wieder einsetzte: „"... eine Ahnung haben von ihren Möglichkeiten und Bedürfnissen und trotzdem ...", ja, warum es wohl so schwer sei, den eigenen Möglichkeiten und Bedürfnissen zu folgen, und sie tastete sich, als denke sie laut vor sich hin, weiter vor: „Erziehung, Bequemlichkeit, Tradition, Mainstream, wohl auch Unkenntnis über die eigenen Möglichkeiten und Bedürfnisse" und dann lebe man halt so vor sich hin und von sich weg. Sie verstummte und rührte im Schaum ihres Cappuccinos, den sie sich noch bestellt hatte. Booker fiel schon wieder ein Stück Literatur ein, fand es aber unpassend, das zu erwähnen, hätte es doch so was Schülerhaftes gehabt, sagte stattdessen: „Angst."

Und als sie ihn erschrocken ansah, fuhr er fort: „Und dann hat man vielleicht Angst, diesen ganz eigenen Weg zu gehen, weil man andere ...", er zögerte, er wisse ziemlich genau, welchen Weg er z. B. nach Meinung seines Vaters einschlagen sollte, das käme in etwa einer Kopie gleich. Dann würde er unterstützt, gefördert usw., was aber, wenn er, Booker, seinen eigenen Weg ginge, einen, den sein Vater total ablehnt, was dann, würde er dann auch noch gefördert, bekäme er konkret Geld für ein Studium seiner Wahl, für ein Praktikum bei Attac, eine Fahrt auf der „Rainbow Warrior", eine Lehre als Baumkletterer? Wenn nicht, könnte er das allein schaffen? Das meine er mit Angst.

Sie sah ihn an, wollte aber offenbar nicht weiter darüber reden, ja, er hatte plötzlich das Gefühl, sie wolle das Treffen möglichst schnell beenden, was er schade fand, zumal er noch vor einigen Augenblicken

ein Gefühl von Nähe und Vertrautheit gespürt hatte, das angenehm gewesen war. Und wie, um zumindest zu einer Unbeschwertheit oder der gemeinsamen Schulzeit zurückzufinden, sagte er scherzhaft: „Ulrike, hast du eigentlich einen Bruder?"
Sie richtete sich auf: „Wieso?"
Booker spürte, dass in diesem „Wieso" Erstaunen, Verblüffung, ja, Panik mitschwang, verstand das aber nicht und sagte: „Entschuldige. Du heißt mit Vornamen Ulrike. Habt ihr in der Schule auch Kleist gelesen?" Sie schüttelte den Kopf. „Nun, Ulrike war die Schwester von Heinrich von Kleist, seine Lieblingsschwester, die, die ihm immer geholfen hat. Ich hab mal ein Referat über ihn gehalten. Als du in der Schule über mögliche Biografien von Terroristen gesprochen hast, hab ich an Kleist denken müssen: Militärkarriere, Philosophiestudium, Landwirtschaft ... wie bei Kleist. Der war natürlich kein Terrorist, hat vor allem noch geschrieben und dann hat er sich am Ende selbst umgebracht ..."
Ja, das sei merkwürdig, Zufall, sie wisse selbst nicht mehr genau, woher sie diese Angaben habe, vielleicht finde er das ja in ihrem Referat, vielleicht habe sie das auch spontan, einfach so, aus der Luft gegriffen sozusagen ...
Booker verstand ihre Verwirrung nicht und kam noch mal auf Effi zurück und die Frage nach den eigenen Möglichkeiten und Bedürfnissen, welche Pläne denn Ulrike habe. Aber sie blieb jetzt wortkarg, winkte dem Service zum Bezahlen, sagte, sie wolle erst einmal ein paar Tage ans Meer, Meer sei für sie wie Chormusik, beides trage durchs Leben ...

Sie fuhr ihn noch zurück zur Schule, wo sein Fahrrad stand, erinnerte ihn, wenn er Hilfe usw., dann war sie weg.
Booker blieb etwas ratlos zurück.

XII

„Sieh, Ulrike, Novembermelancholie am Meer, verloren der Horizont im trostlosen Grau des Himmels, das Wasser schwappt müde und träge an den Strand, schemenhaft die Dünen, wie in einer anderen Welt, wüst und leer, feucht und kalt, wer hier umkommt, ist schnell vergessen, vergessen wie das, was an der Rader Hochbrücke eigentlich geschah. Wie wenig wurde öffentlich über das Warum diskutiert, die Problematik von Wachstum, Verkehr, Lärm, die Straße in die Katastrophe. Alles ertränkt im Einheitsbrei einer Mediengesellschaft, die alles nur hochkocht, um es auf Liebe, Leid und Schicksal zu reduzieren und dann zum nächsten Spaß zu eilen. Unsere wahren Götter sind heute Komiker, sie beten, flehen wir an um den nächsten Lacher. Nur nicht innehalten, nur nicht nachdenken. New Orleans, New York, wie viele Wirbelstürme müssen noch über die Küsten fegen, bis der Klimawandel zu einem anderen Handeln führt. Tschernobyl, Fukushima, schon vergessen! Aber was sollen die ‚großen' Namen. Durch die Exxon Valdez gelangte 1989 weniger Rohöl in die Gewässer Alaskas als die Menge, die täglich, Ulrike, täglich die russische Tundra, Seen, Flüsse, Sümpfe und Wälder belastet. 28 Millionen Tonnen Rohöl laufen in Russland daneben, versickern, verseuchen. Und alles bleibt ruhig. Aber was erzähl ich dir, du kennst das ja alles, Ulrike, wir machen weiter, furchtlos wie dieser kleine Strandläufer mit den dünnen Beinen, der zwischen Muscheln, Steinen, Krebsen und Tang der Brandung eines Ozeans trotzt. Möchtest du einen Em-eukal?"

Als Ulrike neben ihren Bruder getreten war, hatte er angefangen zu reden, ohne sie anzusehen, immer den Horizont im Blick.

„Nein", sagte sie und sah ihn dabei fest an, „nein, ich möchte keinen Em-eukal und ich möchte kein weiteres Treffen. Ich möchte keine rätselhaften Botschaften mehr und ich mache nicht weiter, was immer du darunter verstehst."

Sie spürte ihre Aufregung, ihre Anspannung. Aber sie hatte sich alles genau überlegt. Es musste jetzt raus, und es war raus. Der Anfang war gemacht. Er sah sie erstaunt an. Sie fuhr fort: „Euer Weg ist nicht mein Weg. Du brauchst keine Angst zu haben, dass ich etwas verrate. Ich weiß ja kaum etwas. Ich weiß, dass du dazugehörst. Sonst kenne ich niemanden. Keinen Namen. Kein Gesicht."

Nach einer langen Pause, in der sie richtig sehen konnte, wie es in ihm arbeitete, fragte er scharf: „Und was hast du vor?"

„Ich habe einen neuen Job. Ab Januar mache ich Öffentlichkeitsarbeit für eine Bio-Supermarktkette im Süden. Die nehmen gern Journalisten. Ich will im Kleinen was tun. Ich will noch mal etwas Neues anfangen, ich will Ruhe, Leichtigkeit. Ich will mich wieder freuen können. Wenn ich dich so reden höre: Auf euren überfischten Meeren geh ich unter, in den Weiten der Tundra verlier ich mich. Ihr wollt retten und bewahren, aber ihr zerstört nur."

Georgs Gesicht kam ihr sehr nah: „Du vergisst unser Ziel. Stell dir eine Welt vor ohne Grenzen, ohne Soldaten, ohne Priester; eine Welt, in der die Menschen einander helfen, Tiere und Pflanzen achten, den Tag nutzen und auch an die denken, die noch geboren werden."

„Amen." Sie lachte: „Hör auf. Auch das hab ich schon mal gehört. Nur schöner und mit Musik."
Er sah wieder übers Wasser und sprach dann betont langsam und deutlich: „Hast du schon mal was von Mitwisserschaft oder gar Mittäterschaft gehört? Wer hat mir immer die Medikamente besorgt? Wärest du nach unserem Treffen im Juli gleich zur Polizei gegangen, gut, aber so: Warum kommen Sie erst jetzt, Frau Beuysen? Sie lassen uns monatelang ermitteln und kennen zumindest einen Täter?"
Ulrike hatte mit dieser Taktik gerechnet: „Mag sein, dass ich dadurch tiefer drinstecke, als ich meine. Aber: Du wirst mich nicht verpfeifen, wie ich dich nicht verpfeife, also? Und wenn doch etwas herauskommt, dann ist es so, es geht auch dann weiter. Ich hasse dieses Versteckspielen, deine Theatralik hier am Strand. Und ich hasse, dass ihr Zerstörung und Opfer in Kauf nehmt. Es ist nichts Gutes mehr in dem, was ihr macht." Und nach einer kleinen Pause fügte sie hinzu, leiser als beabsichtigt: „Leb wohl, Georg, leb wohl."
Als keine weitere Reaktion kam, wandte sie sich zum Gehen. Nach wenige Schritten sagte, nein, presste Georg heraus: „Das geht nicht, Ulrike, so geht das nicht. Da müssen wir erst noch mal drüber reden ...", schnippte das kleine grüne Papier des Em-eukal wütend fort, griff, während Ulrike ihn ungläubig ansah, in seine Jackentasche und zog eine Pistole hervor, die er entsicherte und langsam auf seine Schwester richtete, die daraufhin auf die Knie sank, sei es aus Schwäche, sei es, um ihn anzuflehen, das nicht zu tun, was sie aus der Situation heraus glaubte befürchten zu müssen, und weit und breit kein Mensch, sondern nur die gleichmütige See, der graue

Himmel, die Dünenlinie, der kleine Strandläufer, und dann ein Schuss, ein Schuss, der den Sand neben Ulrike aufspritzen ließ, wohl gemeint als Warnschuss oder als Demonstration, dass die Pistole geladen war, mit scharfer Munition geladen, oder dass sie noch eine Chance bekommen sollte, Reue und Treue zu zeigen, dem kalten, sandigen Grab zu entgehen, aber wie auch immer dieser Schuss gemeint war, in dem Moment erhob sie sich, leichenblass und mit zitternden Knien, aber sie erhob sich, schrie ihm etwas von Unmenschlichkeit und Grausamkeit ins Gesicht, so laut, dass der Strandläufer mit wildem Geflatter davonstob, drehte sich um und stapfte mit festen Schritten, wie der tiefe, feuchte Sand es eben erlaubte, den Dünen zu, hinter denen der Parkplatz mit ihrem Auto lag, während ihr Bruder, erstaunt, erschrocken, überrumpelt, unschlüssig, was auch immer, ihr nachsah, schließlich die Pistole auf sie richtete, auf ihren Rücken, lange, sehr lange, so lange, bis nichts mehr von ihr zu sehen war, dann den Arm senkte, die Pistole in der Jacke verschwinden ließ, sich umdrehte und ging.
Als sie das Auto erreicht hatte, wusste sie, was jetzt zu tun war.

XIII

Donnerstag war „Booker's Day", so stand es jedenfalls im Terminplaner, der in der Küche lag und in den Vater und Sohn Termine eintrugen, die beide betrafen. „Day" reduzierte sich allerdings in der Regel, wenn überhaupt, auf ein gemeinsames Abendessen in einem Restaurant. Heute war das „Rhodos" angesagt, eigentlich nicht weit von zu Hause, aber es regnete, war kalt und zugig und Washington wollte vorher noch schnell etwas aus der Firma holen. Also Auto. Booker musste die Sachen, die auf dem Beifahrersitz lagen, auf die Rückbank legen, damit er sich dort hinsetzen konnte: „Pass auf, da liegt ein Bild, das ich rahmen lassen und gegenüber meinem Schreibtisch im Büro aufhängen möchte." Und zwischen Wasserflaschen, Laufschuhen, zwei in Geschenkpapier eingepackten Büchern und einem Pullover entdeckte Booker tatsächlich ein aufgerolltes Stück Papier. Los ging's. Aus dem Radio kamen alte Hits: „If you're going to San Francisco, be sure to wear some flowers in your hair ..." Washington sang begeistert mit. Selbst das Kopfsteinpflaster der Marienstraße, vor dem Booker mit seinem Rad meist auf den Bürgersteig auswich, spürte er in dem großen Wagen kaum. Der Sprecher erwähnte den Tod Scott McKenzies, der schon als Jugendlicher an schweren Depressionen gelitten habe und nun an einer Nervenerkrankung gestorben sei. „Zu viel gekifft, was, alter Junge?", sein Vater fuhr schnell, auch in der Stadt, schimpfte auf die, die vor ihm 50 fuhren, und machte sie dafür verantwortlich, wenn es mit der grünen Welle nicht klappte. Zwischendurch erklärte er, was das Auto alles konnte. Booker tat erstaunt. Vor dem

Firmeneingang hielten sie. Washington stieg aus, grüßte lässig den Pförtner und verschwand mit großen, leicht federnden Schritten im Innern des großen Baus.

Booker schaltete Motor und Radio aus. Auf einmal war es ruhig. Im Auto roch es noch nach seinem Vater. Er sah sich um: Kleingeld für einen Parkautomaten, Kaugummi, eine Tüte mit den geliebten Em-eukals, Handschuhe. Obwohl das Auto noch nicht alt war, spürte Booker die Vertrautheit zwischen Vater und Auto, beide passten zusammen. Natürlich hatte ein Auto keine Seele wie ein Pferd oder ein Hund, aber es gab da so ein Gefühl von Gemeinsamkeit, wie auch zwischen ihm und seinem Rad. Der Pförtner saß vor einer Reihe von Bildschirmen, volles Gesicht, die wenigen Haare waren stramm nach hinten gekämmt, Doppelkinn, Krawatte. Booker stellte sich vor, wie der Pförtner als Junge Fußball gespielt, in der Schule gelernt, Krankheiten überstanden, gewachsen war, sich verliebt hatte, er sah ihn tanzen, heiraten ... und jetzt war er Pförtner. Ob er sich darauf freute, irgendwann nach Hause fahren zu können? Wartete da jemand? Er hörte das Ticken einer Uhr und wunderte sich, dass es so etwas in dem Auto gab. Vielleicht war es eine Sonderausstattung. Im Erdgeschoss der Firma waren einige Fenster hell erleuchtet. Menschen an Schreibtischen. Einige nur wenig älter als er. Sie hatten also beruflich eine Entscheidung getroffen, verdienten Geld und hofften auf eine Karriere bei einem Global Player, erwarben Rentenansprüche, waren kranken- und pflegeversichert und hatten seinen Vater sicher als Vorbild, bewunderten ihn, umwarben ihn, wollten von ihm gefördert werden, machten Überstunden und waren auch am Wochen-

ende erreichbar, ein Leben auf dem Gehaltsstreifen. Booker sah sich nicht an einem der Schreibtische. Wie fremd ihm dies alles war. Er spürte das auch jedes Mal, wenn er mit seinem Vater im Betrieb war. Er wurde dann Menschen vorgestellt, die sich oftmals wunderten, dass dies der Sohn sein sollte, die offenen Fragen waren ihnen ins Gesicht geschrieben, und weder Booker noch sein Vater mochten sie aufklären, und Booker hätte es auch gar nicht können, denn er spürte, dass die Antwort, die Mutter war eine Sioux-Indianerin, nicht gereicht hätte.
Am Eingang tat sich nichts. Er fing an sich zu ärgern, mitgefahren zu sein, holte das Bild vom Rücksitz, betrachtete es lange, stieg dann aus und ging ein wenig herum. Ein heller Fleck am nächtlichen Himmel lag über dem neuen Designer Outlet Center. Booker war noch nicht da gewesen und hatte das auch nicht vor. Er suchte den Himmel nach Sternen ab.
„Los geht's", hörte er und stieg wieder ein. „Habe noch kurz E-Mails gecheckt, was ein Fehler war, aber jetzt sind wir dran. Ruf schon mal bei Nikos an, Tisch hinten links oder rechts, ein Duck kann er schon mal zapfen, essen wir das Übliche?" Booker drückte die „Rhodos"-Taste, Nikos meldete sich, freute sich, und Booker freute sich auch. Er mochte Nikos, der vor ein paar Jahren von Zypern nach Deutschland gekommen war, hier Maschinenbau studierte, einmal irgendetwas mit Autos machen wollte und sich das Geld für sein Studium abends mit der Arbeit im „Rhodos" verdiente. Hier war meistens viel los; außen wie innen eher unauffällig mit der für ein griechisches Restaurant üblichen Ausstattung: kleine, beleuchtete Tempel, rankender Wein aus Plastik, eine Karte von Griechenland, Bilder von Damon bei dem Versuch,

den Tyrannen von Syrakus zu ermorden, Meteora-Kloster, Esel, Wasser, Santorin, eine billige Apoll-Statue und dann das, was man sich als griechische Musik vorstellt, als Endlosschleife. Die Gardinenstangen hingen nur locker in der Wand, die Fenster klapperten bei starkem Wind, der Fußboden war etwas heruntergekommen. Bei Tageslicht durfte man ihn nicht betrachten. Aber das Essen war gut und Nikos war echt. Während Washington sich noch lachend durch die ersten Tische grüßte und hier und da stehen blieb, setzte sich Booker und baute mit den Bierdeckeln eine Pyramide.

Als sein Vater auch da war, erzählte er Booker zwischen zwei tiefen Zügen aus dem Duck, dass er wohl bald für längere Zeit nach China müsse. Booker würde sicher hier sein Abi machen können, aber er müsse sich jetzt zeitnah entscheiden, welches Studium, wo und mit welchem Ziel usw.; da „sein" Obama wiedergewählt worden sei, kämen ja wohl auch die USA wieder in Frage, er könne da ein paar Vorschläge machen. Dabei strich er sich beständig durchs Haar. Beim Essen erwähnte Booker das Bild im Auto: „Ein großes Foto, Greifvögel über einer moorigen Flusslandschaft im Herbst, wie aus einer Zeit, als es mit den Menschen erst begann", sagte er. „Ja", unterbrach ihn sein Vater, „Montana", bei einer Vorstellung neuer Projekte des Konzerns habe er das Foto vor kurzem gesehen. Es habe ihn an die Landschaft hinter dem Haus seiner Eltern, Bookers Großeltern, erinnert. Als Junge sei er mit anderen oft zum Angeln, später zum Jagen dorthin geritten, erzählte Abenteuergeschichten aus seiner Jugend, lachte ein paar Mal wie der, der mit dem Wolf tanzt, sodass Booker sich vorstellen konnte, wie seine Mutter Gefallen an dem Mann gefunden hatte.

In der Nähe der Stadt, am Rande des Dosenmoors, sagte Booker, habe er beim Laufen ähnliche Landschaften gesehen. Übrigens, warf sein Vater ein, laufen, laufen dürfe er wegen seines Knies momentan gar nicht, stand auf, ging zum Tresen, bestellte sich noch ein Duck und ging an Apoll vorbei zur Toilette.

Als Nikos das Bier brachte, fragte Booker ihn, ob er nicht manchmal Heimweh habe, und Nikos gab zur Theke hin ein Zeichen, dass sie mal kurz übernehmen müssten, und setzte sich. Wenn Nikos erzählte, fühlte Booker Ferien und es entstanden Bilder von Fischerdörfern mit kleinen Restaurants am Hafen und vielen Menschen bei Kerzenlicht, Wein und Musik bis spät in die Nacht, von dümpelnden Booten, müde glucksendem Wasser und erhabenen Bergen, über denen Mond und Sterne zu Hause sind. Booker sah die Familie durch alle Generationen hindurch im Schatten eines Baumes gemeinsam essen und lachen, hörte sie in diesem eigenen gebrochenen Deutsch wie Nikos unendlich lange reden, geborgte Gesichter aus alten Filmen, mal Viscontis „Gattopardo", mal „Alexis Sorbas", und immer war alles so warm, dass er Nikos fragte, warum er dann hier sei, in diesem Nebelland im Norden. Und Nikos erzählte von der Krise, die auch Zypern, auch Teile seiner Familie getroffen habe, Irrfahrten durch Verwaltung und Zoll, von Willkür und Arbeitslosigkeit, lobte Deutschland und tadelte den Teil der Jugend, der die Zeit verdaddele oder versaufe und nicht begreifen wolle, welche Chancen er hier habe, als Washington an den Tisch trat, das Handy in der Hand, denn zwischendurch habe er telefonieren müssen, und Nikos um die Rechnung bat.

Er brachte sie und zwei Ouzo dazu: „Also, Booker, in zwei Wochen, genau hier, deine Entscheidung, wie es weitergehen soll. Jamas." Nikos und er schütteten den Ouzo in sich hinein. „Wir müssen nach Hause. Ich hab noch was auf dem Zettel." Für das Bier brauchte er drei, vier tiefe Züge.

Booker ging zu Fuß, denn es war jetzt trocken und ruhig; im Licht der Straßenlaternen leuchtete das niedergefallene Laub der Buchen, Birken und Eichen, das bis zum Anrücken der Laubgebläse am nächsten Morgen liegen bleiben durfte. In seinem Zimmer stellte er sich vor das Fenster, sah Aphrodite an und nahm die Grundform des Tai Chi ein. Nikos hatte Heimweh, das war Fakt. In die USA wollte er in absehbarer Zeit nicht, das war ebenfalls Fakt. Er hatte gelesen, dass die USA nach der Wiederwahl Obamas in fünf Jahren Öl- und Gasförderland Nummer eins werden wollten. Welch Wahnsinn. Bohrungen, die irgendwo tief unter der Erde abknicken und dann kilometerweit in der Horizontale Öl- und Gaspfützen aufspüren. Mit enormem Wasserdruck, der aus dem Gestein die letzten Reste herauspresst. Oder mit Tiefseebohrungen. Tausende Meter unter dem Meeresspiegel. Deepwater Horizon lässt grüßen. Enorme Risiken für die Umwelt. Das Aufheizen der Atmosphäre ging weiter. Aber der Junkie wollte seinen Stoff. Während er langsam und fließend die Formen durchlief, dachte er an die verlorenen Landschaften seiner Kindheit, die unermessliche Weite, das flache Tal, die unterschiedlichen Grüntöne, die Pappeln am Wasser, das jeden Sommer in der

Erde verschwand; aber es gab auch Bilder von armseligen Hütten, verrosteten Autos, endlosen Highways; und wenn er sich Menschen näherte, schob sich das Foto seiner Mutter vor alle anderen, ein Foto, das er gern zum Leben erweckt hätte. In seinem Kopf mussten doch aus den ersten Lebensjahren Bilder, Bewegungen, Erlebnisse, die Stimme seiner Mutter sein. Aber so sehr er sich bemühte, die Frau auf dem Foto rührte sich nicht, sie blieb stumm. So wie die Tür des Hauses, in dem sie gewohnt hatten, verschlossen blieb. Er konnte sich dem Haus nähern, es umkreisen, wie beiläufig zur Tür gehen. Aber dann war Schluss. Dunkelheit. Als er die Formen beendet hatte und wieder ruhig stand, die Hände ineinander gelegt, dass die rechte Handfläche in der linken ruhte und die Daumen sich berührten, spürte er, wie sich etwas Schweres und Dunkles in ihm breit machte, ein Gefühl, das er kannte, das kam und ging, wie es wollte, das er aber noch nie so heftig und überfallartig wahrgenommen hatte. Er wusste, er konnte es nicht aufhalten, nicht steuern, nur überstehen. Nach ein paar Tagen war es meistens vorbei. Im Licht der Gartenlaterne sah er zwei, drei Blätter fallen. Blätter können loslassen, sich fallen lassen, dachte er.

Schlafen konnte Booker nicht, und so kam es, dass er irgendwann aufstand, sich anzog und zu Maja ging. Wie tot eine solche Stadt sein konnte. Bei Maja stieg er über das gestapelte Holz auf das Dach des Carports, von da konnte er mit den Fingerspitzen an ihr Fenster kratzen. Nach einiger Zeit erschien sie, öffnete das Fenster und er zog sich am Rahmen ins Zimmer. „Booker, was soll das, weißt du, wie spät es ist?"

Er zog sich aus und schlüpfte unter ihre Decke. Es war warm und roch nach Orangen. Sie legte sich zu ihm, er drückte sie an sich, sehr lange, und küsste sie dann: „Puuh, wart ihr gestern beim Griechen? Nimm erst mal Pfefferminz. Was ist denn los?"
Booker legte sich auf den Rücken, verschränkte die Hände unter dem Kopf, lutschte Pfefferminz und sprach von der Dunkelheit, die in ihm sei, die ihn lähme und zugleich seinen Kopf zum Platzen bringe mit lauter Gedanken, die sich im Kreis drehten wie eine Horde junger Präriehunde.
Eine Sache seien die Vorlesungen. Er schaffe den NC sowieso nicht, er hasse auch die Mathematik, Vektorenrechnung usw., die sich da hineindränge, aber überhaupt: Es gehe um Sinneswahrnehmungen, um Helligkeit und Farbe, und sie säßen in einem miefigen Raum unter Neonlicht, in den die Welt mit Himmel, Wind und Wolken, Bäumen und Blumen nur über hohe, bestenfalls gekippte Fenster eindringen könne. Mausfeld sage, dass wir mit unseren Sinnen nur wie durch ein Schlüsselloch einen kleinen Ausschnitt der Wirklichkeit wahrnehmen könnten; ja, wenn man sie so einsperre, gewiss; dass unsere Sinne sowieso lügen und trügen und wir uns von der Wahrheit verabschieden müssten; ja, wenn man nur über Büchern, vor Bildschirmen oder merkwürdigen Versuchsanordnungen sitze, gewiss; dass wir unser Gehirn unter ein Mikroskop legen, aber keinen einzigen Gedanken, geschweige denn ein Verständnis der Natur finden würden; ja, wenn man in die falsche Richtung gucke und alles nur über den Kopf ablaufen lasse, gewiss. Er prangere ein System an, das – wie er es sagt – uns als Humankapital sehe, uns kostengünstig wie am Fließband ausbilde und uns gerade

einmal so viel lehre, dass wir mit diesen Wissensbrocken im Beruf maximalen Nutzen zur Aufrechterhaltung des Systems abwerfen. Er sagt, wer sich als Mensch den Zwecken eines anderen unterwerfe, sei ein Sklave. Er bedauert, dass es heute nicht mehr möglich sei, von politischen und wirtschaftlichen Interessen unabhängige Individuen auszubilden. „Er prangert an und bedauert, ist aber selbst Teil des Systems, und die Studenten sitzen da und bleiben stumm." Und welchen Sinn, welche Bedeutung habe dann dieses Wissen, dieser ganze Universitätsbetrieb, dieses ganze Denken von den Griechen über die Aufklärer bis heute, wenn wir Menschen unwissend oder gewissenlos unsere Lebensgrundlagen zerstören, wenn wir diesen blauen Planeten ausbeuten, aufheizen und absaufen lassen, der jüngste Klimagipfel in Katar werde auch nichts bringen ...
„Booker, es geht um Wissenschaft, Theorie, Abstraktion, es geht darum, hinter die Welt des Scheins zu gucken, es geht um Erkenntnis ..."
Was denn diese Erkenntnis der Welt gebracht habe, wenn wir immer mehr aus der Natur in Kirchen, Hörsäle, Supermärkte, Spiel- und Spaßhallen und virtuelle Welten flüchten. Denken könne lustvoll sein. Ja, das habe er, Booker, auch bemerkt. Es mache Spaß, alles in Zweifel zu ziehen, sich bewusst zu werden, dass wir die Welt gar nicht so sehen können, wie sie ist, dass wir die Prinzipien unseres Denkens kaum ansatzweise verstehen, dass die Welt da draußen so rätselhaft ist wie die Welt in uns; aber er habe auch bemerkt, dass das wie ein Gift wirke, dass er sich zu fragen beginne, ob die Bäume, die er sehe, wirklich Bäume seien, oder die Wolken, die Tiere, die

Menschen. Wenn alles auch etwas anderes sein könnte oder lediglich physiko-geometrische Lichtmuster, was gelte dann noch, worauf könne er sich noch verlassen, wovon ausgehen und wohin?
„Booker, vergiss nicht den Fortschritt in der Medizin, Technik usw. Du siehst nur das eine, und du siehst nur das, was zu Ende geht. Es gibt aber auch überall Anfänge. Es gibt Minderheiten, die schon anders leben, denk an unseren ersten Uni-Tag. Daraus können sich Lebensformen für Mehrheiten entwickeln, denk an die erneuerbaren Energien, die dann auch politisch von oben verstärkt werden, Bottom-up verstärkt durch Top-down. Mensch muss nicht erst durch die Katastrophe zum Umdenken gezwungen werden ... Weißt du, was ich glaube? Ich glaube, dein Vater hat gestern zwei Sätze mit dir gesprochen. Satz eins: Entscheide dich, was du nach dem Abi machen willst. Satz zwei: Du hast eine Woche Zeit. Du stehst unter Druck. Stimmt's?"
„Fast, zwei Wochen."
Er drehte sich zu ihr, schob seine rechte Hand unter ihr T-Shirt und ertastete ihre Haut, jeden Zentimeter ihres Körpers. Und je mehr er fand, verschwand das Dunkle. Was, wenn nicht dies, war sein Paradies.
„Booker", flüsterte Maja, „küss mich nicht und atme flach, bitte." Und er vergrub seinen Kopf in ihrem Haar und ließ seine Hände, seinen Körper sprechen, sah sie beide an einem einsamen Strand in der Sonne liegen, nah am Wasser, schaumumspült, hörte das Rauschen der Brandung, das nie abbrach, bald stärker, bald schwächer wurde, fühlte sie eins werden mit den Bewegungen des Wassers, dem Spiel der Wellen, dem Auf und Ab, wie Ebbe und Flut, Sonne und Mond, Yin und Yang, Maja und Booker, warum nicht ewig,

im Jetzt. Danach blieben sie lange still, hielten sich, als ob der eine vom anderen nicht lassen wollte, nie mehr, und es war eine große Ruhe in ihm, die trug auch über den Schrei des Weckers, den Weg nach Hause, das Duschen, den Kaffee, durch Mathe, Deutsch, Erdkunde, Geschichte bis weit in den Tag hinein, dass so mancher Lehrkörper schon an Drogen dachte und in Bookers Nähe zu schnuppern anfing und genauer hinsah.

Am Abend tanzten die ersten Schneeflocken vom Himmel. Maja simste er: „Komm nach dem Abi mit mir zu Fuß durch Europa, zum Nordkap hoch, nach Sizilien runter, zelten, auf Bauernhöfen schlafen, immer den Vögeln oder den Wolken nach, unterwegs zu den Sternen", sah, wie die Schneeflocken am Boden tauten, die Dunkelheit Aphrodite zu einem Schatten werden ließ und schließlich verschluckte, spürte die Zeit, unfähig, sich zu bewegen, etwas anderes zu tun als zu warten, zu hören, Autos vorbeifahren zu lassen und endlich die Mitteilung zu lesen: „Gehen wir, aber zum Wintersemester fang ich mit dem Studium an."

XIV

„Alle Erklärungen, die Sie für intuitiv richtig halten, sind falsch! Merken Sie sich das als erste Faustregel in der Psychologie, wobei andere Wissenschaften dies auch kennen. Wie lange haben die Physiker gebraucht, auf das Gravitationsgesetz zu kommen, das die Planetenbewegungen und den freien Fall erklärt, so auch dass die Erde sich um die Sonne dreht und nicht umgekehrt: Das sieht man doch, haben die Menschen jahrhundertelang gesagt, da brauchen wir gar nicht weiter nachzudenken! Und noch heute sprechen viele von Sonnenauf- und -untergang. Je größer die Selbstgewissheit, desto größer die Unwissenheit. Es gibt keinen wissenschaftlichen Bereich, in dem die Illusion des Verstehens so groß ist wie in der Psychologie. Wir sind Brunnenfrösche."
In Booker klangen die Worte Mausfelds nach, als sie von der Uni zurückfuhren. Brunnenfrösche!? Sonne und Schnee! Über Maisstoppelfelder in gleißendem Licht sah er fern am Hang einen Winterwald mit tief verschneitem, strohgedecktem Haus: jetzt dort sein, Holz schlagen, nach den Fallen sehen, einen Hirsch jagen, die Kälte im Gesicht spüren und sich auf die Wärme Majas freuen. Er machte sie auf Zugvögel aufmerksam, die über sie hinwegzogen. Sie aber musste auf den Verkehr achten, der sich über die Landstraße quälte. Sie hörte Radio Schleswig-Holstein, der Verkehrsmeldungen wegen. Um „fünf vor" kamen Nachrichten: „Alles, was Sie wissen müssen." Es folgten zwei, drei lächerliche Meldungen, die Booker schnell wieder vergaß. Er machte das Radio aus und sagte im sachlichen Ton eines Nachrichtensprechers: „In Doha ist die

18. UN-Klimakonferenz zu Ende gegangen. Die Weltbevölkerung war gespannt auf die Ergebnisse. Auch wir brachten immer wieder Sondersendungen direkt aus dem Konferenzsaal. Schließlich geht abermals eines der wärmsten Jahre seit Beginn der Aufzeichnungen zu Ende, das arktische Eis hat die geringste Ausdehnung aller Zeiten, der Meeresspiegel steigt. Im Vorfeld hatte es Warnungen und zugleich Ermahnungen gegeben, endlich etwas Wirksames gegen den weiteren Anstieg der CO_2-Emissionen und damit Temperaturen zu tun, u. a. vom Zentrum für internationale Klimaforschung in Oslo, von dem sogenannten All-Star-Team der Klimaforscher in der Zeitschrift „Science", vom UN-Umweltprogramm UNEP und von der Weltbank. Sebastian Vettel, der Formel-1-Weltmeister, hatte angekündigt, kein Autorennen mehr zu fahren, sollte sich die Weltgemeinschaft auf wirksame Obergrenzen einigen und statt immer mehr und immer schneller die Ziele immer gerechter und immer nachhaltiger ansteuern. Jetzt das Ergebnis: Die Industriestaaten, insbesondere auch China, die USA und Indien, die Staaten mit dem größten Ausstoß an CO_2, sind zu keinerlei Zugeständnissen bereit, die ihre Art zu wirtschaften in irgendeiner Weise stören könnten. Sie äußern allerdings erneut die Absicht, sich finanziell an den Folgekosten zu beteiligen, wenn alle Sommer in Nordafrika, dem Nahen Osten und am Mittelmeer heißer werden als jetzige Hitzewellen, in den Tropen Temperaturen über den Bereich hinausklettern, in dem sich dort menschliches Leben entwickelt hat, Wirbelstürme an Häufigkeit und Heftigkeit zunehmen, Ernten auch in Ländern wie Indien und den USA ausfallen, Inseln und Küstenregionen aufgegeben

werden müssen. Vertreter der besonders betroffenen Staaten äußerten Zweifel, dass diese Absichtserklärungen angemessen umgesetzt werden können. NGOs wie Greenpeace, WWF und BUND zeigten sich frustriert und sprachen von absurdem Theater und einer Katastrophe." Er machte eine kleine Pause und fuhr dann sehr viel leiser fort: „Statt des angekündigten ‚Oh Happy Day' spielen wir jetzt den Trauermarsch von Chopin. Angeschlossen sind die privaten und öffentlich-rechtlichen Sender weltweit sowie die Fernsehanstalten." Booker summte die Melodie.
„Weiter!", sagte Maja, als er nach wenigen Augenblicken aufgehört hatte. „Du weißt, es folgt ein mittlerer Teil bei Chopin, der fast heiter klingt, auf jeden Fall nach Aufbruch. Wie heißt es in einem Spruch bei Demant? ‚Die Tiefe der Nacht ist zugleich der Beginn eines neuen Tages' oder so. Du unterschätzt den Menschen; in der Vorlesung haben wir gehört, schon der Säugling ist ein vollgepacktes Hochleistungskraftpaket. Und sieh die Hochbrücke da vorn, was diese winzigen Streichholzmenschen alles fertig bringen, ganz zu schweigen von all den anderen Dingen." „Eben", dachte Booker, „ach, Maja", und laut fügte er hinzu: „Ich bleibe dabei: Wenn die Klimaforscher und Weiter-so-wie-bisher-Wachstumswarner es ernst meinen, dann sind wir dumm, wenn nicht, handeln sie verantwortungslos. Aber ich denke, sie haben die besseren Argumente."
Tatsächlich war die Baustelle der Rader Hochbrücke aufgetaucht, denn sie fuhren heute über Rendsburg heim, wo Maja noch ein Paket für ihre Mutter abholen sollte. Wegen einer Polizeisperre mussten sie einen Umweg nehmen und fuhren direkt am Bauzaun

entlang: In der Dämmerung beleuchteten riesige Scheinwerfer das Gelände innerhalb des Zauns, Stahlträger, Baucontainer, Fahrzeuge, Kies, aufgewühlte Wege, kein Mensch war zu sehen. Als ein Wegweiser zum Kanal auftauchte, bat Booker sie abzubiegen, er müsse mal. Auf einem kleinen Parkplatz hielt sie. Sie stiegen aus, zogen sich ihre Jacken über und gingen zum Weg, der direkt am Kanal entlangführte. Unterwegs verschwand Booker kurz im Gebüsch. Als er wieder bei ihr war, sagte sie: „Ungefähr von hier aus müssen damals die Aufnahmen von der Sprengung gemacht worden sein."
Da kam ihnen im Halbdunkel ein Paar entgegen. Er hatte sie untergehakt und schien sie zu führen, den anderen Arm, den rechten, hielt er angewinkelt unter dem leicht geöffneten Mantel. Zwei, drei Schritte waren sie voneinander entfernt, als Booker die Frau erkannte: „Ulrike!", rief er. Ulrike erschrak, erkannte ihn wohl auch, lächelte verlegen, unsicher, blickte etwas hilflos abwartend auf den Mann neben ihr, der sie dann aber hart anfasste, vorwärts drängte, an Booker und Maja vorbei, die ihnen auch Platz machten, wobei Booker in dem Augenblick, als sie fast auf einer Höhe waren, die Angst, die panische Angst in Ulrikes Gesicht und den Revolver des Mannes erkannte, der durch die drängende Bewegung sichtbar geworden war. Instinktiv sprang Booker den Mann an, der, um sich auf den unerwarteten Gegner einzustellen, den Griff, mit dem er Ulrike hielt, lockerte, an den Rand der Böschung fort- und umgerissen wurde, schoss, am Boden die Hand mit dem Revolver frei bekommen wollte, was Booker fürchtete, sodass er nach eben dieser Hand griff und sie, da er merkte, dass er dem Mann an bloßer

Körperkraft überlegen war, mit seinen beiden Händen auf den steinigen Rand der Böschung drückte, was für den Mann offenbar so schmerzhaft war, dass er sie öffnete und damit den Revolver losließ, den Booker daraufhin mit dem Fuß ins Wasser stoßen konnte, was dem Mann Gelegenheit gab, sich zu befreien, aufzuspringen und fortzulaufen. Als Booker sich umdrehte, sah er, dass Maja am Boden lag und sich den Arm hielt: „Ist nicht schlimm!" Ohne weiter zu überlegen, rannte Booker dem Mann hinterher, und während Maja ihn rief – Rufe, die immer leiser wurden – und er Mühe hatte, die Gestalt nicht aus den Augen zu verlieren, die wie wild den Hang zur Brücke hinaufhastete, tauchten Bilder in ihm auf von Ulrikes Gesicht damals beim Vortrag in der Schule und wie unsicher sie gewesen war und er das doch auch irgendwie gefühlt hatte ... und dann beim Gespräch vor dem Café, die kleinen Hände, wie hilflos und nachdenklich sie gewirkt hatte, Angst und Panik heute, das war ja so wie damals, als er sie spontan nach einem Bruder gefragt hatte, die Polizeisperre, der wie tot daliegende Bauhof im grellen Scheinwerferlicht, was bedeutete das alles, wie eine Geiselnahme hatte das ausgesehen, er mochte Ulrike und er war wütend auf den Mann, wütend auf alle, die eine Spur der Gewalt hinter sich ließen, auf diesen Ort und die, die vor einem halben Jahr hier unten gestanden und seelenruhig Bilder von der Sprengung der Brücke gemacht hatten. Filmszenen spulten ab: Custers Überfall auf das Winterlager der Cheyenne am Washita im Morgengrauen, Fetzen einer Melodie, Militärmusik, im tiefen Schnee zerschossene, zerfetzte Körper von Indianern. Konnte es sein, dass er Ulrikes Bruder vor sich hatte, war das der Mann, der jetzt auf die Brücke zurannte, auf die Lücke, die vielleicht nicht mehr Lücke war, sicher gab es da Stahlträger, Gerüste, vielleicht mehr, und auf der anderen Seite des Kanals war es dunkel, jedenfalls viel dunkler als auf dieser Seite, Dunkelheit, in der er untertauchen, abtauchen, verschwinden konnte. Booker meinte jetzt wieder Rufe zu hören, nicht Majas Rufe, andere Rufe, links und rechts der Kanal, wie ein von Lichtern eingefasstes Band, ein Fluss, der sich im Nirgendwo verlor, eisiger Wind schlug ihm entgegen, Yukon, und er hoch oben über dem Fluss, wie ein Vogel, ein Adler, wie nah ihm jetzt die Zeit mit Maja war, er musste aufpassen, wohin er trat, er kam dem Mann näher, und er wusste, wenn es irgendwie ans Klettern ging, dann würde sich zeigen, wer sicherer war, der da vorn, der jetzt langsamer wurde, vorsichtiger auftrat, zu balancieren schien, oder er, Booker, der nun auch auf schmalem Stahl ging, links und rechts unter sich das Wasser des Kanals, das Deck eines Frachters, der sich unter der Brücke hindurchschob, containerbestückt, menschenleer. Plötzlich hörte er vor sich einen Schrei und kurz darauf sah er, wie der Mann auf dem hinteren Deck des Frachters aufschlug. Sechs, sieben Meter entfernt eine Plattform zum Durchatmen und Umkehren, wieder dieses Rufen, dann ein Schuss und fast im selben Moment spürte er einen solchen Schmerz im rechten Bein, dass er wegsackte, das Gleichgewicht verlor, fiel, der Kopf gegen Stahl schlug, fiel.

Das Wasser spürte er schon nicht mehr.

XV

Das war Mittwoch. Am Samstagmorgen stand der Sarg in der Aula der Schule. Washington hatte beschlossen, dass Booker in Heimaterde liegen sollte. Ein kurzes Abschiednehmen war vereinbart worden für alle, die das wollten. Danach Hamburg-Fuhlsbüttel und in die Staaten. Washington wollte seinen Sohn begleiten und wieder dahin zurückbringen, wo er ihn abgeholt hatte. Er hoffte, ihn neben Ini Naon Win bestatten zu können. Die Schulleitung, ein paar Mitglieder des Kollegiums, Mädchen und Jungen aus seiner Klasse, Ulrike, Nikos und Maja waren da, auch Kommissar Kolum, der noch grauer aussah und die ganze Zeit auf den Boden guckte. Ein Polizist hatte geschossen, zweifellos. Er habe beide für fliehende Terroristen gehalten, mehrmals laut zum Stehenbleiben aufgefordert, Warnschüsse abgegeben und schließlich, da er sie auf fester Fahrbahn glaubte und fürchtete, sie könnten im Dunkel der anderen Seite verschwinden, ins Bein des Letzten geschossen. Es würde eine Untersuchung geben, natürlich. Im Übrigen war das Ganze zumindest ein Teilerfolg für die Aufklärung. Ulrike war nach dem letzten Treffen mit ihrem Bruder sofort zur Polizei gegangen und hatte erzählt, was sie wusste. Ihre Angaben passten zu einigen Ermittlungsergebnissen. Die Terroristen schienen dabei gewesen zu sein, auf dem Baugelände eine Sabotagegruppe aufzubauen. Man hatte ihren Bruder beschattet und schließlich zugeschlagen, als eine große deutsche Tageszeitung den Anschlag vom 4. Juli erneut auf die erste Seite gebracht und endlich Erfolge gefordert hatte. Ulrike war mitgenommen worden, um eventuell vor Ort Informationen zu geben, ihr Bruder hatte sich im Chaos von Umzingelung und ersten Festnahmen ihrer bemächtigen und davonmachen können. Kolum schien noch grauer geworden zu sein, saß eingefallen auf seinem Stuhl und sah auf den Boden. Ulrike weinte leise vor sich hin und wischte sich ab und zu mit einem Taschentuch die Tränen ab. Washington hatte Maja nach Musik gefragt, und sie hatte zwei Lieder von Lalouche vorgeschlagen, das Yukon-Lied und ein anderes. Zu Beginn spielte ein Schüler am Flügel Chopins Trauermarsch. Das hatte Maja nicht gewusst. Sie sah nach draußen. Grauer Himmel. Im Geäst eines Baumes hingen noch einige Blätter wie kleine, schwarze, vergessene Vögel. Sie schien mehr ihren Gedanken nachzuhängen als den Reden, die gehalten wurden. Erst als am Ende die Klasse, deren Pate Booker gewesen war, nach vorn ging und einer der Schüler etwas sagte, sah sie nach vorn und schien genauer hinhören zu wollen. Der Schüler aber sprach sehr leise, er flüsterte, schwieg schließlich und heftete dann eine Adlerfeder an den Sarg. Jetzt flossen Majas Tränen, sie ließ sie fließen, sie sah entsetzlich allein aus.

XVI

Tauwetter hatte eingesetzt. Trüber, nasskalter November zog sich bis in den Januar. Richtig hell wurde es selten.
All die Tage danach war Maja früh am Morgen aufgestanden, hatte sich gewaschen, angezogen, gefrühstückt, die Tasche aufs Rad gepackt, war allein durch die dunkle Stadt zur Schule gefahren, hatte mit den anderen gesprochen, sich am Unterrichtsgespräch beteiligt, war nachmittags allein nach Hause gefahren, hatte irgendwann auch irgendwas gegessen, hatte gelernt, war froh gewesen, dass niemand vom Hofladen sie anrief, und erstaunt, dass niemand fragte, als sie nicht zu den Mädchenabenden erschienen war; hatte Klausuren geschrieben, wie alle sie schrieben, die gesund und guten Willens waren, hatte u. a. aus der Sicht Fräulein Bürstners Josef K. in Kafkas „Prozess" in einem Brief an eine Freundin beschrieben, ein Referat über die Folgen der Vereinigung von BRD und DDR für Europa gehalten, über Wahrscheinlichkeitsrechnung gegrübelt und aus der Sicht der USA Lösungsvorschläge zum Nahost-Konflikt gemacht, die auch der Lehrer für vernünftig, möglicherweise umsetzbar und wohlüberlegt hielt.
Sie bewegte sich unter Menschen, die so nah und zugleich so fern waren, und hatte oft das Gefühl, auch sich selbst von außen zu betrachten, erstaunt, was Maja alles tat. Nur Bachs Weihnachtsoratorium in der Vicelinkirche hatte sie in diesem Jahr nicht gehört. Zu schmerzhaft die Erinnerung, dies „Jauchzet, frohlocket, o, preiset die Tage ..." mit Booker gehört zu haben, der danach gesagt hatte, wenn er diese Musik höre und sie mit der „Authentic Music of the

American Indian" vergleiche, vergebe er den Weißen viel.

Ihre Mutter war selten da, Weihnachtsfeier im Betrieb, Meetings, Jahresabschlüsse, Zielvereinbarungen, Besprechungen mit Azubis, die aufhören wollten, denen alles zu anstrengend und zu schlecht bezahlt vorkam und überhaupt.

Aber Heiligabend hatten Mutter und Tochter zusammen gekocht, beim Schein einer Kerze am Tisch in der Küche gesessen und miteinander reden können, weit über das Essen hinaus, sodass eine zweite Flasche geöffnet worden war, der Blick in die Zukunft alles heller erscheinen ließ und Maja sich stark genug fühlte, tags darauf von dem Haustürschlüssel Gebrauch zu machen, den Washington ihr gegeben hatte. Sie möge doch bitte Bookers Sachen durchsehen, eventuell Bücher in der Schule abgeben, und wenn sie für sich ..., immerhin seien sie ja wohl befreundet gewesen, also für sich als Erinnerung etwas haben möchte, dann könne sie das gerne. Er selbst habe ein Bild von ihm und das dann mit oder neben dem von Bookers Mutter, das reiche ihm. Er sei erst im Januar zurück, weil er in der Zentrale in den Staaten noch einiges besprechen wolle.

So schloss sie dann am späten Nachmittag des ersten Weihnachtstages die Tür der Villa in der Marienstraße auf, betrat die große Diele und ging sehr langsam durch die Küche in Bookers Zimmer. Ihr Herz klopfte. Absurde Erwartung, er könnte dort sein, am Schreibtisch sitzen, sie hören, sich umgucken, lächeln, aufstehen, auf sie zukommen, sie umarmen.

Nichts davon geschah. Stille.

Das Zimmer war aufgeräumt. Zwei-, dreimal in der Woche kam schon seit Jahren Frau Salomon, klein, etwas eingefallen, mit leicht zotteligem Haar, hoch in den Fünfzigern und ein treues Herz, putzte sich durchs Haus, machte die Wäsche, sah, was getan werden musste, sorgte dafür, dass immer genug Kaffee, Milch, Brot, Butter und Pflaumenmus da war, fragte auch mal, wie's so geht, und erzählte auf ihre eigene schnodderige Art vom Verfall der Sitten und dem Niedergang der Welt da draußen, festzumachen an den jungen Frauen, die nicht mehr selbst kochten, sondern sich lieber eine Tiefkühlpizza in den Ofen schoben, oder den Checkern der Reinigungsfirma, bei der sie angestellt war, die jeden notwenigen Putzgriff mit der Stoppuhr erfassten und die Zeiten immer enger schnürten.

Frau Salomon war da gewesen. Aber: Das Bett war noch bezogen, die Schultasche lehnte am Schreibtisch, die Schulbücher und Hefte lagen noch da, Stifte, Füllfederhalter, die CDs von der Beerdigung.

Maja setzte sich. Im Garten Aphrodite, halbnackt und ohne Arme, wehrlos den Begierden trotzend, zu Stein erstarrt. Es ist, wie es ist. Washington hatte ein Foto von Booker mitgenommen, Booker, der jetzt wohl schon irgendwo in Dakota unter der Erde zu vermodern begann. Manchmal hatte er Crowfoot zitiert: „Was ist das Leben? Es leuchtet auf wie ein Glühwürmchen in der Nacht. Es vergeht wie der Hauch eines Büffels im Winter. Es ist wie der kurze Schatten, der über das Gras huscht und sich im Sonnenuntergang verliert." Maja erinnerte sich genau an das erste Mal, als sie im Unterricht den Aspekt der Vergänglichkeit im Barock besprachen, Demant mit dem Vergleich Leben gleich „Rennebahn" von Gryphius kam und Booker dann Crowfoot zitierte. „Das gefällt mir noch besser", hatte Demant gesagt,

„weil das alles Bilder aus der Natur sind und Leben und Tod auch ganz natürliche Vorgänge sind." „Sein sollten", dachte Maja. Sie kannte niemanden, den sie hätte fragen können nach dem Warum, warum so früh und auf diese Weise, warum er.
Die gemeinsamen Pläne? Null.
Was musste jetzt sein? Sie suchte die Schulbücher zusammen und legte sie neben die Haustür. Erneut blickte sie sich im Zimmer um. Nicht vorstellen mochte sie sich, wie Frau Salomon Stifte, Tasche, CDs usw. in einen blauen Sack packte und zum Müll brachte, T-Shirts, Hosen ... Altkleidersammlung.

Aber konnte sie sein Leben mitnehmen in ihres?

Das große Poster mit dem Kopfschmuck von Crazy Horse? Sie löste es von der Wand, rollte es zusammen und legte es neben die Schulbücher. Dann entdeckte sie Demants Hefte. Was sollte aus ihnen werden? Sie blätterte und entdeckte, dass Booker das Tagebuch fortgesetzt hatte. Am Anfang seines Teils klebte ein Foto, das er von ihr gemacht hatte und das sie nicht kannte. Sie saß an seinem Schreibtisch und blickte in den Garten. Schemenhaft war Aphrodite zu erkennen. Von hinten hatte er sie aufgenommen, ihr nichts davon gesagt, und sie hatte es nicht bemerkt. Ein ruhiges Bild. Es folgten zwei kurze Meldungen, die nebeneinander in der Lokalzeitung erschienen waren: BMW plane, den Supersportwagen M1 „auferstehen" zu lassen. Maja lachte, als sie „auferstehen" las, Jesus Christ Superstar jetzt mit 600 PS und 330 km/h Spitzengeschwindigkeit. Unmittelbar daneben eine Meldung der US-Behörde für Wetter und Ozeanografie, dass der letzte Monat der wärmste seit

Beginn der Aufzeichnungen vor 132 Jahren gewesen sei. Es folgten Informationen zu Rio+20, die Rezension eines Buches über den Waffenhandel, demnach die größte Korruptionsmaschinerie der Welt. Ein Insider wurde zitiert, er könne sich an keine Diskussion über ethische Fragen erinnern, es habe alle nur interessiert, wie man möglichst viele Waffen verkaufen könne, damit sich möglichst alle gegenseitig umbrachten. Und wenn das Geschäft zu ruhig sei, würden Kriege in Gang gesetzt. Als Beispiel für die sinnlose Verschwendung von Geldern wurde Südafrika genannt, das in einem bestimmten Zeitraum 71 Milliarden US-Dollar für Waffen, aber nur 8,4 für die Bekämpfung von Aids ausgegeben habe. Dann Rezensionen zu zwei Büchern über Banken, Hedgefonds, Spekulanten, die weltweit Ackerflächen aufkauften, unterstützt von beispielsweise afrikanischen Potentaten, die schamlos den Grund und Boden ihres Volkes verschleuderten und sich dabei sogar noch unterboten. Schätzungsweise ein Drittel der fruchtbaren Böden weltweit stehe derzeit zum Verkauf und die, die sich an diesem Geschäft beteiligten, taten dies wahrscheinlich nicht, um den ca. eine Milliarde Hungernden kostenlos Nahrung zur Verfügung zu stellen.

Warum standen eigentlich nicht solche Bücher an der Spitze der Bestsellerlisten?

Sie blätterte weiter. Die letzten Eintragungen betrafen den Klimagipfel in Katar, was in ihr Erinnerungen wachrief an den Tag, an dem er starb, zu Tode kam, angeschossen wurde, ein Polizist ihn anschoss, sodass er stürzte und tödlich verunglückte.

Auch die Hefte stapelte sie neben der Haustür, suchte noch einige Lalouche-CDs aus, lud alles ins Auto, schloss ab und fuhr nach Hause.

Noch waren Ferien. Maja schlief lange und in den Morgen hinein, las französische Krimis, denn ihr profilgebendes Fach war Französisch, versuchte, wieder mit dem Joggen anzufangen, und ging zur Silvesterparty ihrer Mädchen. Bei Raclette und Wein wurde der Schulball am ersten Weihnachtsabend durchgekakelt und als das Gespräch schleppender verlief, war Anne auf die Idee gekommen, Rummelpott zu laufen. Die Begeisterung war groß, man verkleidete sich ein wenig, suchte das Lied heraus, probte es ein paar Mal, nahm Beutel mit und zog los. Wo Licht brannte, klingelte eine und alle begannen zu singen: Lieschen, mook de Dör op, de Rummelpott will rin. Oldjohr, Niejohr, Moder, sind de Förten gor? Lat mi nich to lang stahn, denn ik mutt noch wiedergahn. En Huus wieder wohn de Snieder. Rummel, rummel ruttje, kreg ik noch en Futtje? Hau de Katt den Swans af, hau em nich to lang aff, lat en lüdden Stummel stahn, denn wi wüllt noch wiedergahn ...
Förtchen bekamen sie nicht, aber es war spannend zu sehen, wer in welcher Aufmachung kam und wie reagiert wurde. Blasse oder gerötete Gesichter, Alkoholfahnen oder Essensgerüche der abenteuerlichsten Art kamen ihnen entgegen. Einige wollten das ganze Lied hören, andere winkten ab und holten gleich Schokoriegel, Clementinen, Nüsse, kleine Weihnachtsmänner, Centstücke. Hier und da mussten sie auch einen Korn trinken, „alt genug seid ihr ja". Sie hörten auf, als immer mehr Angetrunkene sie

unbedingt reinholen wollten und dabei sogar handgreiflich wurden. Außerdem fing es an zu nieseln. Zu Hause leerten sie die Beutel, naschten sich bis zum Sekt, stießen an, gingen nach draußen, um Ballerei und Feuerwerk näher zu sein, und überlegten dann erneut, wohin denn nun. Maja hatte Kopfschmerzen, ihr war übel, sie verabschiedete sich und ging nach Hause.

Irgendwie hatte sie am nächsten Morgen Booker gegenüber ein schlechtes Gewissen, nahm sich vor, das politische Tagebuch weiterzuführen und endlich richtig etwas fürs Abi zu tun, zwei gute Vorsätze, denn wenn sie Medizin oder Psychologie studieren wollte, musste sie ein sehr gutes Abi machen, also Arbeitsplan, Wochenplan mit Themenbereichen, für die Klausuren lernen:
11. März – Französisch: 1. Deutsch-französische Beziehungen 2. Glück
13. März – Deutsch: 1. Kafka, „Der Prozess" 2. Hauptmann, „Die Ratten" 3. Naturlyrik
20. März – Mathe: 1. Stochastik 2. Analysis 3. Analytische Geometrie
Acht Themenbereiche, noch etwa neun Wochen: also pro Woche etwa ein Themenbereich. Sie begann mit Stochastik. Eine Probeklausur beschäftigte sich mit den Schwarzfahrern bei der Kieler Verkehrsgesellschaft. Bei allen möglichen Teilaufgaben vermisste sie nur die eine: Bei welcher Anzahl von Fahrten lohnt es sich, schwarz zu fahren, weil die Wahrscheinlichkeit, kontrolliert zu werden, so gering ist, dass ein zu zahlendes Bußgeld von 40 Euro unter der Summe der gekauften Fahrscheine liegt?
Das Mündliche war erst Ende Mai ...

Und: Wie wahrscheinlich war das Glück?

Ungefähr Mitte Januar holte sie den zweiten Vorsatz nach und schrieb unter Bookers letzten Eintrag im Tagebuch:

Hey Booker,
sicher möchtest du wissen, wie es hier so weitergeht. Es folgt eine Auswahl von dem, was ich aufbewahrt und eingeklebt habe:
Silvia Liebrich kritisiert am 18.12. in der „SZ", dass das neue Tierschutzgesetz nicht viel ändert. Gänse, Schweine, Rinder, Hühner haben bei uns weiterhin nichts zu lachen: Massentierhaltung in dunklen Ställen oder engen Käfigen unter Einsatz von Medikamenten soll möglichst viel billiges Fleisch auf den Tisch der Verbraucher bringen. Übrigens: Ein Drittel aller Nahrungsmittel in Westeuropa wird weggeworfen. Bei „uns" auf dem Hof ist das anders.
Marc Beise schreibt einen Tag später über den ruinierten Ruf der deutschen Banker, nennt sie „Bankster", die mit Papieren handelten, deren Wirkung sie selbst nicht mehr verstanden, und kein Gefühl mehr hätten für das, was man tun darf und was nicht. Dass er das schreiben darf! Auch an den folgenden Tagen keine Gegendarstellung.
Rabe und Schloemann interviewten am 28.12. in der „SZ" den Münchner Philosophie-Professor Henning Ottmann, der gerade seine neunbändige Geschichte des politischen Denkens fertiggestellt hat. Über Politiker sagt er, sie seien vor allem an der Frage interessiert: Wie gewinnen wir die nächste Wahl. Die

stabile politische Lage in Deutschland ist für ihn ein Ergebnis allgemeiner politischer Apathie.
Alex Rühle interviewt am 29./30.12. Jorgen Randers, einen der Autoren, die 1972 für den Club of Rome „Die Grenzen des Wachstums" schrieben. Im Prinzip habe er resigniert, schreiben sei für ihn eine Art Antidepressivum, Chancen einer Verhaltensänderung der Menschen sehe er nur bei regelmäßig wiederkehrenden, immergleichen Katastrophen. U. a. rät er, Kindern nicht mehr die Liebe zu schönen, weiten Landschaften beizubringen, da es diese bald nicht mehr geben werde und sie dann ihr Leben lang Schmerz empfänden. Stattdessen: Computerspiele. Aber wohl nicht „Call of Duty: Black Ops II", mit dem in den ersten 24 Stunden ein Umsatz von einer halben Milliarde Dollar erzielt wurde. Ort: eine apokalyptische Stadt, in der jeder gegen jeden kämpft, mit Maschinengewehren, Panzern, Flugzeugen. Motto: „In jedem von uns steckt ein Soldat" („SZ", 15.1.). Steckt die Waffenlobby dahinter? So sähe ja wohl ihr Paradies aus.
Dass das schon bald Realität sein könnte, macht die „SZ" einen Tag später deutlich. Seit dem Massaker an zwanzig Kindern in der Grundschule von Newton fürchten viele Amerikaner schärfere Waffengesetze und decken sich ein: lange Schlangen vor „Gun Shows" und Geschäften. Wie im Rausch. Sturmgewehre, wie sie US-Soldaten am Hindukusch tragen. Stimmen: Dem Hurensohn Obama sei alles zuzutrauen, die Linke wolle das Volk entwaffnen, eine Tyrannei errichten, nur mit entsprechender Waffe und Feuerkraft fühle man sich sicher: „In jedem von uns steckt ein Soldat."

Ein anderer Autor dieses Bestsellers von 1972, Dennis Meadows, wird am 2.1. von Crocoll und Liebrich interviewt. Er hat nur begrenzt Hoffnung, dass menschliche Kultur erhalten werden kann, sieht uns als Gefangene des Systems und kritisiert die Politiker, die sich nicht trauen, den Menschen bei uns zu sagen, dass sie sich in Verzicht üben müssten. Sein Rat: Garten anlegen und wieder ein Gefühl für den Kreislauf der Natur gewinnen. Klingt nach Apfelbäumchen pflanzen.

Harald Welzer schreibt zum Jahreswechsel in der „SZ", dass wir blind auf die Apokalypse zusteuern, dass kaum in den Medien ein Zusammenhang hergestellt werde zwischen den beunruhigenden Nachrichten von der Umwelt- und Klimafront und dem absurden Überkonsum, der dafür verantwortlich ist; dass wir nur durch die Einübung eines neuen Lebensstils eine Chance hätten. Und in der Januar-Ausgabe von „Psychologie Heute" kritisiert er das Schweigen der meisten Wissenschaftler zu diesem „Umbruch". Er finde es grotesk, wie wir die Wirklichkeit aus unserem Handeln ausblenden.

Klaus Brinkbäumer schließt seinen Essay im „Spiegel" 1/2013 über die Frage, woran man sich in 100 Jahren noch erinnert, wenn man an unsere Zeit denkt, mit dem Hinweis auf die Sitzungsprotokolle des Klimagipfels in Doha und dem Kommentar: Sie wussten, was auf sie zukam, und handelten nicht. „Was waren die dumm." Erinnerst du unsere letzte Fahrt?

Moritz Koch war in North Dakota (!) und beschreibt in der „SZ" vom 5./6.1., wie es vor Ort aussieht, wenn die USA sich ihren Stoff aus den tiefen Gesteinsschichten der Prärie sprengen: Bohrtürme,

Tanklaster, Wohncontainer, Stripclubs, Schnellrestaurants. Nachts stehe der Horizont in Flammen. Gas sei so billig, dass sich der Transport mit LKWs nicht lohne. So werde es abgefackelt.

Da leuchtet kein Glühwürmchen mehr in der Nacht.

Alle Bemühungen, in den USA den Öl-Konsum zu drosseln, sparsamere Motoren zu verordnen, Ökostrom zu subventionieren, würden wieder in Frage gestellt.
Am 10.1. macht die „SZ" mit einem Foto auf, das Tammy Holmes mit ihren fünf Enkelkindern zeigt, die sich vor verheerenden Buschfeuern im Südosten Australiens ins Wasser geflüchtet haben; angstverzerrte, vom Feuer rot angestrahlte Gesichter. Die nationale Durchschnittstemperatur habe den neuen Rekordwert von 40,33 Grad erreicht. Die australische Regierungschefin, heißt es weiter unten, sieht dies auch als Ergebnis des Klimawandels.
Kai Strittmatter berichtet am 14.1., dass Peking im Smog verschwunden sei. Der Messwert für Feinstaubpartikel liege bei 886. Die Weltgesundheitsorganisation WHO stuft alles über 25 als gesundheitsgefährdend ein. Ursache: Fabriken, Schwerindustrie, Kohlekraftwerke, gestiegener Autoverkehr, fehlender Wind: „Airpocalypse", „Giftcocktail". Atmen sei lebensgefährlich. Ein Chinese wird zitiert mit dem Satz: „Direkt am Auspuffrohr saugen wäre wahrscheinlich gesünder." Eine Meldung am Rande: „Chinas Autoverkäufe sollen in diesem Jahr die 20-Millionen-Marke knacken."
Ich hab auch mal in alten Heften geblättert, weil ich mich erinnert habe, dass du Demant anfangs für einen

möglichen Täter gehalten hast. Der Eindruck entsteht, weil es in den ersten Jahren viele Artikel gibt, die die bekannten Probleme sehr deutlich benennen und radikale Konsequenzen fordern. Sie sind alle unterzeichnet mit dem Kürzel CAU. Wofür dieses Kürzel steht, weiß ich nicht. In den 90ern hört das auf. Dann verschwindet dieses Kürzel. Demant scheint eine Schwäche für CAU gehabt zu haben.

Mit Schulbeginn ist es wieder kalt geworden. Raureif, verschneite Wege, nachts über den hohen Tannen die Sichel des Mondes, ich öffne das Fenster und atme den Himmel an.

Wie der Hauch eines Büffels im Winter.

XVII

Gegen Ende des Monats wurde sie auch wieder auf dem Hof gebraucht. Am Freitag fuhr sie gleich nach der Schule los. An der kleinen Bahnstation wartete Jakob mit seinem kleinen dunklen Münsterländer Krabat. Als Maja in der 9. Klasse das Betriebspraktikum auf dem Hof gemacht hatte, war Jakob sechs. Er war der Sohn von Maren und Paul und hatte Krabat als Welpen zum Schulbeginn bekommen. Sie verstanden sich alle so gut, dass Maja immer mal kam, um auf dem Hof zu helfen oder bei Jakob zu sein, wenn die Eltern abends etwas vorhatten. Krabat lief gleich auf sie zu, als sie aus dem Zug stieg, sprang an ihr hoch, beschnupperte sie, wollte gestreichelt und gedrückt werden. Jakob lachte nur, kurzes, blondes Haar, große, braune Augen, schmal, Jeans, dicker Anorak, Schal: „Hi, Schwester." Sie stiefelten los. Krabat lief mal voran, mal schoss er einen Feldweg auf irgendeiner Spur entlang und kam mit hängender Zunge zurück, mal stupste er die beiden an, als ob er sich vergewissern wollte, dass sie auch wirklich, wirklich da waren.
Am frühen Nachmittag war die Sonne noch einmal durchgekommen. Maja genoss die lichte Weite dieses windstillen Tages, der schon einen Hauch von Frühling spüren ließ, obwohl noch ein wenig Schnee lag und der Boden gefroren war. Und was an Vogelstimmen fehlte, glich Jakob mit seinen Erzählungen aus, dass er, er ganz allein mit dem Trecker fahren durfte, von seinem Geburtstag am 25.12., dass er mit seinem Vater begonnen habe, ein Baumhaus für ihn zu bauen, Silvester, dem Zeugnis, das es gerade gegeben hatte, und dass er dann ja wohl

nach den Sommerferien zu Maja aufs Gymnasium sollte: „Schade, dass du gehst, wenn ich komm. Wiederhol doch noch ein Jahr."
Und als Krabat kurz vor dem Hof einen Kreis lief, lachte Jakob und sagte: „Seit wir im Herbst einem Schäfer mit Herde und Hund begegnet sind, macht er das immer mal, um mir zu zeigen: Das kann ich auch."
Maren und Paul waren im Hofladen. Maja begrüßte und umarmte sie, was bei Maren wegen ihres gemütlichen Umfangs gar nicht so einfach war. Dann brachte sie ihren Rucksack nach oben und half mit. Wie liebte sie diesen Duft von Kräutern, getrockneten Blüten, Äpfeln, Tee, der das ganze Haus durchzog! Nach dem gemeinsamen Abendessen in der warmen Küche ging sie gleich wieder in ihr Zimmer im ersten Stock. Unter der Schräge stand ein großes Bett, dahinter ein selbst gebauter Schrank. Vor dem Fenster mit weitem Blick über die Felder stand ein kleiner Tisch, an den sie sich setzte.
Der Himmel war immer noch klar, ein fast voller Mond warf den Schatten der Bäume auf das schmutzige Weiß des schneebedeckten Feldes vor dem Haus. In der Ferne ein Waldstück mit zwei großen, alten Ställen, die wie Großwild bedrohlich hinter den Bäumen lagerten. Sie knipste das Licht an und holte ihr Deutschheft mit dem Gedicht heraus, das sie zu Montag interpretieren sollten. Naturlyrik. Wilhelm Lehmann (1882 – 1968). Sie las: „Mond im Januar (1931). Ich spreche Mond. Da schwebt er, glänzt über dem Krähennest. Einsame Pfütze schaudert und hält ihn fest. Der Wasserhahnenfuß erstarrt, der Teich friert zu. Auf eisiger Vitrine gleitet mein Schuh. Von Bretterwand blitzt Schneckenspur.

Die Sterblichen schlafen schon – Diana öffnet ihren Schoß Endymion."

Maja schmunzelte. Ende Januar, fast Vollmond, ihr Blick in die Nacht. Wie passend. Unter dem Gedicht standen noch Worterklärungen:
„Diana, italische Gottheit des Waldes und der Wildnis, der Fruchtbarkeit und der Jagd; Beschützerin der Frauen; auch Mondgöttin.
Endymion, schöner Jüngling, Hirte, von Zeus mit ewiger Jugend beschenkt, von der Mondgöttin leidenschaftlich begehrt; während er in einer Höhle schläft, legt sie sich allnächtlich zu ihm."

Sie machte sich an die Arbeit: Reimschema, Metrum, Bilder ..., sie ging dem Inhalt der einzelnen Strophen nach und überlegte sich, worauf das Gedicht letztlich hinaus wollte. Wieder Eros, hier zwischen der Göttin und dem Menschen, dem Mann, aber auch Einheit zwischen Himmel und Erde, Mensch und Natur; sehr geheimnisvoll, kalt, fremd; wirklichkeitsfern, wenn sie daran dachte, dass es in Deutschland 1931 um ganz andere Fragen ging: Weltwirtschaftskrise, Erstarken des Faschismus, Endphase der Weimarer Republik; und doch irgendwie schön: „Die Sterblichen schlafen schon – Diana öffnet ihren Schoß Endymion."
Maja fing an zu schreiben, merkte aber, dass sie Mühe hatte, das, was ihr eben noch so klar schien, in halbwegs verständliche Sätze zu bringen. Sie schob es auf ihre Müdigkeit.
Gegen zehn kam Jakob nach oben und fragte, ob sie vor dem Schlafengehen noch ein wenig reden könnten. Er hatte sein Zimmer direkt neben ihrem.

„Okay", und während er seinen Eltern gute Nacht sagte, machte Maja sich fertig und ging zu Bett. Schließlich kam Jakob mit einem Buch: „Darf ich wie früher noch einen Moment unter deine Decke? Es ist so kalt hier."
„Okay, einen Moment."
Krabat kam auch herein und legte sich auf den Teppich vors Bett. Er gähnte.
Maja merkte, wie Jakob unter die Decke schlüpfte. Das Bett war so breit, dass sie ihn kaum spürte.
„Du riechst gut", sagte er, „zwar nicht mehr nach Orangen, aber trotzdem."
„Na, du passt ja wohl genau auf."
„Ja, das hab ich von Krabat gelernt. Der schnuppert noch mehr. Und das mit den Orangen, das hat er zuerst bemerkt."
„Meinst du. Was hast du denn da für ein Buch?"
„,Ruf der Wildnis', du, Maja, glaubst du, dass Krabat auch wieder zu einem wilden Hund, zu einem Wolf werden könnte?"
„Nein", sagte Maja, „so wie der an dir hängt. Der würde alles tun, um dich zu beschützen. Da hast du einen tollen Freund. Wie weit bist du denn in dem Buch?"
Jakob erzählte, und da er schon weit war, erzählte er lange. Sie wurde immer müder. Als er schließlich fertig war, murmelte sie: „Toll, Jakob, da bin ich mal gespannt, wie das zu Ende geht. Jetzt mach ich mal das Licht aus, und du gehst rüber in dein Zimmer. Von dem Buch hab ich schon viel gehört."
„Und von wem?"
„Von einem, der hieß Booker. Und nun husch ..."
„Ich geh gleich", hörte sie noch.

Irgendwann in der Nacht schreckte sie auf. Ihr Herz pochte. Aber sie umarmte nicht Booker, sondern Jakob. Himmel, war der nicht in sein Bett gegangen? Schlief er oder stellte er sich schlafend? War da nicht sogar ein feines Lächeln in seinem Gesicht? Langsam löste sie sich von ihm und kletterte über ihn hinweg aus dem Bett. Obwohl Mondlicht das Zimmer beleuchtete, wäre sie beinahe über Krabat gestolpert. Sie deckte Jakob zu, ging leise nach nebenan und krabbelte in Jakobs kaltes Bett. Sie fror. Krabat kam kurz danach hinterher, reckte sich, gähnte, guckte sie erstaunt an.
„Du kommst mir nicht ins Bett", flüsterte sie bestimmt.
Er schien zu überlegen, wo er sich hinlegen sollte. Schließlich ließ er sich auf seine Decke in Jakobs Zimmer fallen.

Bis in den Nachmittag hinein war der Laden geöffnet gewesen, und Maja hatte wie so häufig beim Aufbauen, Nachfüllen und Verkaufen geholfen, hatte beraten, gewogen, kassiert, gelacht, gemerkt, dass einige Kunden ganz bewusst auf ihre Seite gingen, um von ihr bedient zu werden, und sich darüber gefreut.
Jakob hatte sie nur kurz gesehen. Ihr war, als gucke er sie anders an als gestern oder kaue auf etwas herum. Sie erinnerte auch, wie er nach dem gemeinsamen Frühstück, als er sich unbeobachtet glaubte – die Eltern waren schon im Laden, sie selbst räumte die Küche auf –, aus ihrer Tasse Kaffee probiert, den Rest aus der Kanne eingeschenkt und dann offensichtlich genussvoll getrunken hatte. Sie hatte sich zwingen müssen, nicht laut aufzulachen.

Nun war sie müde. Ihr Zug ging in etwa einer Stunde. Und weil der Himmel immer noch so hell und klar schien, war sie gleich nach dem riesigen Stück Apfelkuchen nach draußen gegangen, Gedanken einsammeln, durchatmen. Ziellos schlug sie den Weg zum Wald ein, vergessene Schneereste zwischen grünem Moos, schmutzig braunen Blättern und dunklen Stämmen. Der Weg wurde zum Pfad, der sich am Ende in einer Wiese verlor, aber die Sicht auf zwei Stallgebäude hin öffnete, die zwischen hohen Kastanien vor sich hin rotteten. Waren das nicht die, die sie von ihrem Fenster aus gestern Abend gesehen hatte? In dieser Ecke war sie noch nie gewesen. Alles sah ungenutzt und ungepflegt aus, ein bisschen wie abseits von der Welt, wenngleich hinter den Gebäuden eine Straße sein musste, denn hin und wieder fuhr dort ein Auto. Seltsam, so ländlich, abgelegen und fast idyllisch alles aussah, sie hatte das Gefühl, beobachtet zu werden; und so absurd ihr das vorkam, sie sah nach oben, suchte die Stämme der Kastanien ab, das brüchige Mauerwerk der Gebäude, ob irgendwo das Auge einer Kamera zu entdecken war. Wozu die Gebäude wohl einmal genutzt worden waren? Sehr still war es hier. Vereinzelt der harte Schrei eines Vogels, der die Stille nur verstärkte. Vorsichtig schlich sie um ein Gebäude herum. Die Tore waren verschlossen. Weiter oben waren Lüftungsfenster angebracht. Sie suchte mit den Augen den Wald ab, aus dem sie gekommen war, die umliegenden Knicks, das Feld. Nirgends entdeckte sie etwas Außergewöhnliches. War es die Stille, die so drückend wirkte? Sie sah sich in einem Fernrohr, ja, im Fadenkreuz eines Zielfernrohres und schüttelte über sich selbst den Kopf. Jedenfalls einmal auch um das

andere Gebäude zu gehen, das war sie ihrem Selbstvertrauen jetzt schuldig. Zu ihrem Erstaunen fand sie auf der Rückseite einen kleinen geteerten Weg, der auf das Tor des Gebäudes zuführte, eine Verbindung zur Autostraße ermöglichte und in einem erstaunlich guten Zustand war. Aber auch dieses Tor war fest verschlossen. Sie ging zurück und hatte schon fast wieder den Pfad in Sichtweite, als sie eine Lücke im Mauerwerk bemerkte, die frisch zu sein schien. Vielleicht ein Tier, das sich Zugang zum Innern verschafft hatte. Sie trat heran und schaute vorsichtig hinein. Da ein Lüftungsfenster an dieser Stelle geöffnet war, fiel etwas Licht ins Innere und sie sah das Seitenteil eines Fahrzeuges mit zwei Buchstaben: „HW". Sie erschrak. Konnte es sein? HW. THW. Konnte es sein, dass die vom Anschlag gesuchten Fahrzeuge hier versteckt waren, hier, bei Maren, Paul und Jakob, bei denen sie seit vier Jahren ein und aus ging? Sie sah sich um, niemand war zu entdecken. Sie sah noch einmal hinein. Kein Zweifel. Die Größe der Buchstaben, Farbe und Fahrzeug, das konnte passen. Aber unmöglich. Die Menschen passten nicht dazu.
Langsam ging sie wieder zurück, verwirrt und ängstlich. Maren und Paul saßen noch am Kaffeetisch: „Na, wo warst du denn, Maja? Warst ja lange weg."
Klang da nicht Misstrauen durch? Wussten sie etwas? Hatte sie recht gehabt mit dem Gefühl, beobachtet zu werden?
Sie setzte sich und versuchte, so harmlos wie möglich zu antworten: „Klare Luft draußen. Hab mal nach den Eseln geguckt."
Der Bauer lachte: „... die du nicht gefunden hast; denn die sind heute beim Nachbarn, Carl-August, da findet ein Kinderfest statt. Jakob ist auch da."

„Ach so", sagte Maja schnell, „hab mich auch gewundert, dass der Stall leer war."
Nur mit Mühe konnte sie ein Zittern unterdrücken und langte nach den süßen Schokoladenkeksen, obwohl sie die eigentlich nie aß.
„Alles in Ordnung mit dir, Maja?" fragte der Bauer.
„Ja, ja, alles in Ordnung. Mein Zug fährt gleich. Ich muss nach Hause. Abi-Vorbereitungen."
„Du, Maren, ich glaub, Jakob schicken wir lieber nicht aufs Gymnasium. Da wird man ja bregenklüterig."
Sie lachten und Maja lachte mit. Sie holte dann ihre Sachen, verabschiedete sich von den beiden und zog los.
Der gleiche Weg wie gestern. Aber wie anders fühlte sie sich! Unterwegs kam eine SMS von Jakob, der nach der Abfahrtszeit fragte. Sie gab sie ihm durch. Ihn anlügen mochte sie nicht. Aber ob er das noch schaffen konnte?
Sie wartete schon voll wirrer Gedanken, als sie Krabat und Jakob auf einem Feldweg laufen sah. Ihr war, als seien das letzte Bilder von einem Glück, das eigentlich schon vorbei war. Und wie um es noch möglichst lange festzuhalten, sah sie die beiden in Zeitlupe und ganz nah, das Auf und Ab von Krabats großen Ohren, seine weit ausholenden Sätze, Jakobs angestrengtes Gesicht, seinen geöffneten Anorak, und obwohl sie auch den Zug schon hörte, hinten am Birkenwäldchen war ein Fußgängerüberweg, vor dem er ein lautes Warnsignal ausstieß, wandte sie sich ganz den beiden zu, öffnete die Arme und fing Jakob auf, der einfach in sie hineingesprungen war, während Krabat jaulend und bellend um sie herumlief. Sie drückte ihn fest an sich.

Er war völlig außer Atem. Der Zug hielt. „Ich muss los", sagte Maja.
„Komm bald mal wieder", stieß er hervor.
„Natürlich, ich lass dich nicht allein, das weißt du doch. Mach's gut."
Sie stieg in den Zug, der sich auch sofort in Bewegung setzte. Sie blieb hinter der Tür stehen und sah auf die beiden, bis sie von Bäumen verdeckt wurden.
Es war ein Verdacht. Mehr als ein Verdacht. Es war eine heiße Spur. Paul und Maren. Sie konnte es nicht glauben. Aber es war ihr Grundstück. Abgelegen, gut getarnt, trotzdem Zugang zu einer Straße. Und was würde dann aus Jakob werden. Was wird eigentlich aus den Kindern von Strafgefangenen? Was wird aus den Kindern, wenn beide Elternteile im Gefängnis sitzen? Sie wusste es nicht.

XVIII

Freitagnachmittag. Trübes, kaltes Februarwetter. Maja setzte sich in die Oberstufenbücherei der Schule. An drei Wänden Fachbücher, die kaum noch jemand beachtete, vor den Fenstern Arbeitstische mit summenden Computern, in der Mitte zusammengestellte Tische mit Zeitungen, Werbung, Butterbrotpapier, leeren Kaffeebechern, Zetteln. Sie hatte noch etwas Zeit, bis ihr Zug aufs Land fuhr. Über den kleinen Innenhof hinweg konnte sie ins Lehrerzimmer sehen. Im Raum hing der Mief eines Tages. Aus ihrem Rucksack holte sie bittere Schokolade und einen Band von Aristoteles. Sie war in dieser Woche wieder zur Vorlesung nach Kiel gefahren, hatte sich Mausfelds Schlusswort, die Psychologie habe über Jahrzehnte in einem Koma der Illusion des Verstehens gelegen, aus dem sie jetzt mühsam herausfinde, genauso angehört wie seinen Aufruf „Lesen, lesen, lesen!" und fühlte sich gut. Als sie das Buch aufschlug, musste sie an Demant denken und lächeln. „*Ad fontes*, zu den Quellen", hätte er beim Anblick von Aristoteles gesagt. Da fiel ihr Blick auf die große Schlagzeile einer Boulevardzeitung, die auf dem Tisch lag: „Terror-Opi packt aus". Daneben das Bild eines etwas verwirrt blickenden alten Mannes. Sie zog den ganzen Zeitungsstapel zu sich heran, blätterte und las.

Nicht zuletzt Maja war es zu verdanken gewesen, dass man die Gruppe, die für den Anschlag auf die Rader Hochbrücke verantwortlich war, fassen konnte. Zum einen der Hinweis auf die Fahrzeuge, die in dem Stallgebäude standen, dann das CAU-Kürzel unter den alten Zeitungsartikeln, Carl-August Uccello, der

Nachbar von Maren und Paul, an den die beiden schon vor Jahren die abgelegenen Gebäude vermietet hatten. Man hatte eine Zeit lang den Hof oberserviert, ermittelt, Verbindungen ausfindig gemacht und bei einem Gruppentreffen zugeschlagen. Maja kannte die Presseberichte und die Bilder von schwer bewaffneten Polizisten mit Schutzwesten rund um Haus und Hof. Man hatte per Lautsprecher die Gruppe aufgefordert, sich zu ergeben. Nach einiger Zeit und etlichen Wiederholungen hatte sich die Haustür geöffnet und ein kleiner, alter, fast kahlköpfiger Mann war erschienen, hatte die Tür hinter sich geschlossen und etwas unschlüssig, in welche Richtung er sich wenden sollte, war er dann den Hauptweg entlanggehumpelt, langsam, auf einen Stock gestützt, als wolle er seinen Abendspaziergang machen oder noch einen Blick über die Felder werfen.
Dazu war er dann nicht mehr gekommen.
Die anderen Gruppenmitglieder hatten am Tisch gesessen und so laut den Fernseher mit Berichten von der Bundesliga am Laufen gehabt, dass sie ganz verdattert waren, als schwer bewaffnete Polizisten ins Zimmer stürmten.
In einem anderen Blatt las sie auf Seite drei etwas zur Lebensgeschichte Carl-August Uccellos. Aufgewachsen in einem etwas öden Stadtteil am Rande der Stadt, in einer kleinen Wohnung, erinnere er vor allem den ständigen Krach zwischen den Eltern, wie sie sich angeschrien, gegenseitig Vorwürfe gemacht hätten, dass das Geld nicht reiche; ständig dieses Geschrei und seine Angst, dass sie sich trennen und ihn allein zurücklassen könnten. Dem Geschrei sei die Stille gefolgt, z. B. beim Essen. Jeder habe dagesessen und das Essen in sich hineingeschlungen, stumm, bis

nichts mehr da gewesen und abgeräumt worden sei. Habe er etwas gesagt, sei von der einen oder anderen Seite gezischt worden: „Sei still. Sprich nur, wenn du gefragt wirst!" Und habe er nicht aufgehört, habe er mit Messer oder Gabel kurz was auf die Finger bekommen. Irgendwann sei dann doch wieder gesprochen worden. Meist habe er den Gesprächsanlass gegeben, vielleicht mit einer guten Note in der Schule; denn er sei gut, sogar sehr gut gewesen. „Woher er das nur hat?", sei ein Standardkommentar gewesen, oder: „Warte, bis du in der nächsten Klasse bist." Aber immer habe er auch den Stolz herausgehört und die Wirkung gespürt: Versöhnung auf Zeit. Er ging nach eigenen Aussagen gern zur Schule. Der Stoff sei ihm zugefallen, trotzdem habe er gelernt. Er genoss offenbar die Anerkennung, und irgendwann begriff er wohl auch, wenn er später in anderen Verhältnissen leben wollte als in der dumpfen, miefigen Enge der abgeschabten Sessel, dem fleckigen Sofa, diesem Armeleutegeruch und Proletengebrüll, wenn er einmal in einer Villa leben wollte wie sein Banknachbar Jens, in weiten Räumen mit dämpfenden, dicken Teppichen, einer Mutter, die nach Parfüm roch und nachmittags nur darauf wartete, dass die Kinder eine Schokolade trinken wollten oder Cola oder Sinalco, was man sich aus der Kiste im Keller holen konnte, so viel man wollte, wenn er dahin wollte oder in die wohligen Polster eines großen Autos, mit dem man fast geräuschlos über die Straßen glitt, wenn er einen Swimmingpool und ein Wochenendhaus am See haben wollte, dann ging das für ihn nur über die Schule. Und er wollte. So lernte er, half den anderen, ließ sie abgucken, machte sich Freunde, verdiente sich bald durch Nachhilfe Geld, schrieb kleine Artikel für die Lokalzeitung, knüpfte Verbindungen, merkte, dass auch die Mädchen das toll fanden, wie er mit Jackett und Zigarette, ernstem Gesicht und klugen Sprüchen geschäftig herumrannte, sich bald einen alten Käfer zulegte, kritischer wurde, politischer, Demos organisierte und öffentlich Reden hielt. Lehrer lobten ihn offenbar, förderten ihn. Man las Böll, Dürrenmatt, und er hielt das wohl im Stillen für wahr, für eins zu eins umsetzbar: Die Welt befand sich in den Händen von Irren wie in den „Physikern", oder die Menschen waren schlecht und käuflich wie im „Besuch der alten Dame", die an den Ort ihrer Kindheit zurückkommt und fürchterlich Rache nehmen kann an dem, der sie geschwängert und betrogen hat! Er fühlte sich scheinbar wohl in dieser intellektuell angehauchten Kleinstadtatmosphäre zwischen Jazz am Sonntagnachmittag in „Stadt Rendsburg", der „Kupferkanne" und dem „Postkeller". Es war dieses oft bierselige Wir-durchschauen-die-Welt, werden es besser machen, komisch, dass vor uns noch nie jemand so direkt darauf gekommen ist. Wir sind die Minderheit, die aufklärt, den Menschen die Augen öffnet für ihre wahren Bedürfnisse, und sie, ja, sie werden sich einreihen, der Banker reißt sich seine Krawatte, sein Sklavenband, vom Hals, der Arbeiter diskutiert mit seinem Chef die Produktionsziele, und Afrika machen wir nebenbei auch noch satt.

Wie wichtig sie sich vorgekommen seien, wie klug, alles schien so einfach, Gut und Böse, wie leicht zu trennen. USA in Vietnam gleich böser Irrweg, Sowjetunion und Ostblock, gut gemeint, interessantes theoretisches Konzept, aber klar unterlegen und auch nicht das Wahre. Natürlich waren sie unter den „saints go marching in", „strangers in the night" im Kampf für eine bessere Welt. „Geschichte ist machbar", wer, wenn nicht wir.

Nach dem Abi habe er so rumstudiert, mal dies, mal das. Nebenbei geschrieben, analysiert, angegriffen, bekam Geld für seine Schreibe, die gefragt war, die bissig war; die aber nichts bewirkte, nichts veränderte oder doch nicht das, was er sich vorgestellt hatte; die offenbar Teil des Systems war, die die süße Kapitalismussoße wohl erst so richtig würzte, das Geschäft anheizte, denn sollten er und ähnliche Warner recht haben, dann müsste man sich jetzt noch schnell was gönnen. Pfeile, ins Nichts geschossen. Im Grunde war für ihn wohl schon von Anfang an alles klar. Nie wieder würde eine Zeit eine solche geistige Höhe und Dichte erreichen wie unter Sokrates, Platon, Aristoteles, soll er einmal geschrieben haben. Und war nicht Sokrates zum Tode verurteilt worden, war nicht selbst Aristoteles als Erzieher Alexanders des Großen gescheitert und konnte ihm diesen aberwitzigen Feldzug nicht ausreden, wie hätte es dann ihm, Uccello, gelingen sollen, die Welt zur Räson zu bringen.

In einem anderen Blatt tat jemand so, als sei er bei der Vernehmung dabei gewesen. „Haben Sie das Interview mit Mohammed al Sawahiri gelesen?", soll demnach Uccello den Kommissar gefragt haben. „Stünde im Koran, dass sich die Sonne um die Erde dreht, würde er es glauben. Wenn wir Europäer uns nicht zum Islam bekehren und nicht in islamischen Gesellschaften leben wollen, muss gegen uns gekämpft werden, der Dschihad. Meinen Sie, dass Sie mit diesen Menschen die Probleme dieser Welt lösen können, oder mit Katholiken, die selbst nach einer

Vergewaltigung ein Problem mit der Pille danach haben, oder mit Menschen, bei denen die Katastrophe schon am Frühstückstisch beginnt, wenn das Nutella-Glas zu früh abgeräumt wird. Geben Sie zu, im Grunde wissen Sie gar nicht, wen Sie als Erstes einsperren müssten."
Er habe in den 90ern zum ersten Mal resigniert, sich von seinem Geld einen großen Hof gekauft und in Landwirtschaft gemacht. Dann der Versuch, sich mit einem Bestseller zurückzumelden und groß in die Politik einzusteigen. Aber bei allen Verlagen nur lobende Worte und Absagen, glänzend geschrieben, nur leider alles bekannt, wolle kaum jemand mehr hören, rechne sich nicht. Und zum Schluss die Idee in alter Runde: „Lassen wir's noch mal knallen. Setzen wir noch mal ein Zeichen, symbolträchtig, 4. Juli: Recht auf Widerstand, Macht kaputt, was euch kaputt macht! Aber was soll's."
Über Georg Beuysen soll er gesagt haben: Angeber, Aufschneider, Träumer, guter Kern, aber völlig abgedreht.
Im Boulevardblatt wurde die Schlussszene des Verhörs so ausgemalt: „Kommissar, schonen Sie meine Kumpel", flehte er, „ich hab sie überredet, die waren nur so ein bisschen neugierig, ob das umsetzbar war. Und das war es. Sagenhaft, was einem im ‚Dark Web' an Waffen und Sprengstoff angeboten wird, wenn man nur anfängt, die richtigen Quellen anzuzapfen." Dieses eine Mal gebe er sogar dem Papst recht, der sich ebenfalls gerade den Fallstricken der Welt entziehe und sein fragwürdiges Tun beende. In der Tat, die Welt werde hin und her geworfen, dass einem ganz schwach und schwindelig werde. Da sei es besser, sich in eine Zelle zurückzuziehen, den Rest

der Tage in Ruhe und Meditation zu verbringen, ab und an ein geistreiches Gespräch mit dem Psychiater oder dem Geistlichen, vielleicht könne er sich auch in der Öffentlichkeitsarbeit der Anstalt nützlich machen. Und ein anderes Blatt berichtete, dass die Polizei in der Düsseldorfer Wohnung Uccellos auf eine Art Grundsatzerklärung gestoßen sei, die es kurzfristig wohl auch im Netz gegeben habe; so aber habe sie auf großen Schriftrollen gestanden, die Tapetenbahnen ähnelten, von der Decke herunterhingen und die Bücherwände nahezu vollständig bedeckten. Da die Wohnung ansonsten leer gewesen sei, habe das Ganze wie eine Ausstellung gewirkt, durch die man wandern und lesen konnte, unterbrochen nur durch die Fenster, die den Blick über die Stadt, das Land und den sich im Dunst der Ferne verlierenden Fluss öffneten. In dem Text gehe es um die Macht des Bösen, des Teuflischen, dem der Mensch am Ende immer wieder zu dienen bereit sei, um seiner angstbesetzten Vereinsamung zu entkommen, und um das Leiden an der Unmöglichkeit, Leben zurückzuholen, eigenes wie fremdes.

Maja überflog noch einen Kommentar: „Der Spuk hat ein Ende, 68er-Altlasten, die uns offenbar auch in dieser Form heute noch zu schaffen machen können, aber: Die A7 wird dreispurig ausgebaut, ab Ostern ist die Brücke in beiden Richtungen wieder voll befahrbar."

Sie hörte auf zu lesen und nahm sich ein großes Stück Schokolade. Das sollte es gewesen sein? Deswegen waren Booker, Demant und die anderen zu Tode gekommen? Die Banalität des Sterbens. Da war einer, der aus Frust über sein Leben, das er sich anders vorgestellt hatte, oder die Menschen, die nicht taten, was er, der Superkluge, ihnen sagte, noch mal auf den Putz hauen wollte, ein Ehrgeiziger, Ungeduldiger, ein vom kümmerlichen Leben der Eltern Gezeichneter, ein frustrierter Psycho. Und warum hatten die Eltern überhaupt geheiratet? Schwangerschaft? Ein heißer Sommerabend, Musik, Tanz, Gefühle von Leichtigkeit und Fröhlichkeit, vielleicht hormongesteuerte Illusionen: „Der/die ist doch eigentlich gar nicht so schlecht", vielleicht das Glas Bier zu viel, die Eltern, die verreist waren, die sturmfreie Bude, die Pille, die noch nicht auf dem Markt war.

Und wieso war Booker hier gewesen und nicht in den Weiten der Prärie, ein stolzer Dakota, der hin und wieder den Crows Pferde stahl oder das Jagdgebiet verteidigte? Weil die Weißen das Land erobert, Kolumbus den Weg gewiesen, die Türken Konstantinopel erstürmt und den europäischen Handel mit Asien blockiert hatten. Musste Booker sterben, weil jemand vor vielen hundert Jahren vergessen hatte, eine etwas abgelegene Tür in den Stadtmauern von Konstantinopel rechtzeitig zu schließen, sodass ein Trupp Janitscharen unbemerkt in die Stadt gelangen und die Verteidiger von hinten angreifen konnte?

Der Flügelschlag eines Schmetterlings.

Sie packte ein paar Zeitungsseiten für das politische Tagebuch in ihren Rucksack, stand auf und öffnete ein Fenster. Dicke Schneeflocken fielen in den Innenhof. Ihr gegenüber, auf der anderen Seite, stand ein Lehrer, sah auch in den Schnee und aß dabei eine Banane. Ein alter Lehrer. Irgendwann hatte sie ihn mal in

Geschichte gehabt, Griechen, Römer? Grau und mager war er geworden. Das Jackett wirkte viel zu groß.

Wann werden Lehrer endlich begreifen, dass sie sich ordentlich anziehen müssen?

Jetzt lächelte er und winkte ihr zu. Sie winkte verwirrt und etwas zögerlich zurück. Sie erinnerte Tests, die sie damals verflucht hatte. Freundlich bleiben, vielleicht saß er in einem Prüfungsausschuss im Mündlichen.
Sie drehte sich um, setzte sich und begann Aristoteles zu lesen: „Wenn wir Wissen und Verstehen zu den Dingen zählen, die herrlich und wertvoll sind, unter den Gebieten des Wissens aber eines höher stellen als ein anderes, sei es wegen der Strenge der Form, sei es wegen der höheren Würde oder der wunderbaren Natur des Gegenstandes, so werden wir unter beiden Gesichtspunkten die wissenschaftliche Forschung über die Seele mit Fug und Recht in die vorderste Linie zu stellen geneigt sein. Darf man doch der Einsicht in das Wesen der Seele eine große Bedeutung auch für alles sonstige Streben nach Wahrheit zuschreiben und die größte für die Erforschung der Natur. Denn die Seele ist anzusehen als das Prinzip für alles Leben."
Die Tür wurde geöffnet und Frau Salomon, die auch in der Schule putzte, trat ein: „Na, Maja, kein Zuhause mehr oder noch Unterricht? Oh, oh, wie das hier wieder aussieht. Nur auf den Toiletten sieht es noch schlimmer aus. Aber solange es Leute gibt, die den Dreck wieder wegmachen, dreht sich die Erde noch. Da ich bald aufhöre, seh ich schwarz. Oder du wirst

Putze!" Sie stieß ihr raues, fast meckeriges Lachen aus, packte auf dem Tisch einiges zusammen, und Maja half ihr. „Du bist ja auch bald fertig. Was willst du nach'm Abi machen? Psychologie? Na, arbeitslos wirst du nicht, genug Irre gibt's ja." Sie lachte wieder. „Übrigens, in der Marienstraße ist noch alles leer. Der Vater von Booker soll schon in China sein. Hab ich gehört. Geht mich ja nichts an. Ich krieg mein Geld und guck ab und an mal hin. Aber da ist doch irgendwas faul. Um Booker tut mir das leid. War immer so sauber." Sie schaute nach draußen. Maja sah ihre kleine, unscheinbare, etwas eingefallene Gestalt als Schatten vor dem Fenster und hörte sie leise hinzufügen: „Und still. Wie Schnee."

Hinweise zu Zitaten

In den ersten Kapiteln finden sich Zitate von Thomas Mann, Bertolt Brecht, Ingeborg Bachmann, Nikos Kazantzakis, Paul Celan, Norberto Bobbio, Georg Büchner, Karl Heinz Bohrer, Marcel Proust, Friedrich Nietzsche, Günter Eich. In Kapitel VI wird aus Rigo Baladurs „Der Stille Tod", Oberhausen 2001, zitiert. Die Zitate sind entsprechend gekennzeichnet.

Der Autor

Ulrich Grode,

geb. 1948 an dem einen Ende
    des Nord-Ostsee-Kanals, in Brunsbüttel,

als Schüler in die Mitte Schleswig-Holsteins
    gezogen worden, nach Neumünster,

Studium am anderen Ende des Kanals, in Kiel,

von 1975 bis 2012 Lehrer
    an der Immanuel-Kant-Schule in Neumünster

für die Fächer Deutsch, Geschichte und WiPo,

jahrelang Leiter einer Arbeitsgemeinschaft
    Kreatives Schreiben,

erste Veröffentlichungen im Selbstverlag ab 1994,
    zahlreiche Lesungen,

mit Marianne Obst zusammen 2005
    „Neumünster / Himmel über Neumünster
    und andere Perspektiven",

verheiratet und Vater zweier erwachsener Söhne.